Le soldat du temps

Michel ROMERO

ISBN : 978-2-9561050-9-1

Quand le sage montre la lune, l'idiot regarde le doigt.

(proverbe chinois)

TABLE DES MATIÈRES

Le soldat du temps

Ce livre raconte un nouvel épisode de la lutte qui oppose les extraterrestres aux extratemporels, dans la continuité de l'ouvrage "Le papyrus de Djoser", sans pour autant qu'il soit nécessaire d'avoir lu le tome précédent.

Tout s'accélère lorsqu'Anisha Pauwels, la jeune journaliste stagiaire du célèbre média "THE NEW YORK TIMES", parvient à convaincre son directeur de la rédaction de changer son sujet de stage pour s'intéresser à la triste période que la Terre a connue, cent cinquante ans plus tôt, avec une pluie de météorites d'origine inconnue qui a failli précipiter la civilisation humaine dans une ère de barbarie. Son enquête débouche rapidement sur la piste d'une « porte de l'espace » située sous la pyramide de Djoser, sur le site archéologique de Sakkarah en Egypte.

Anna-Magdalena Ruiz, la Présidente des Etats-Unis d'Amérique en fonctions, prend alors la décision d'envoyer la mission « Djoser-one », composée de quatre militaires et cinq civils, sous le commandement du capitaine Andréas Becker, explorer l'espace inconnu derrière la porte ...

S'attendant à trouver les Aliens qui ont délibérément attaqué la Terre, ils font en réalité une étrange découverte qui va changer leur destin et, par la même occasion, celui du genre humain ...

Le soldat du temps

I - L A STAGIAIRE

Anisha Pauwels, la jeune stagiaire du journal "NEW YORK TIMES", entra d'un pas décidé dans le bureau de Samuel Salinger, le directeur de la rédaction. C'était une jeune femme mince, svelte, avec de longs cheveux blonds et une allure plutôt sportive. Elle portait des vêtements de saison, en ce début d'été assez chaud, un tee-shirt de couleur vive et un pantalon clair décontracté. Le chef de la rédaction était un homme de couleur, la soixantaine, avec une grande carcasse imposante, une tenue nonchalante, un vieux chapeau sur la tête et un air débonnaire qui le rendait sympathique.

Sans qu'elle y soit invitée, miss Pauwels prit place sur le siège face à Salinger, avec un grand sourire désarmant qui excluait toute possibilité d'un quelconque reproche. L'occupant des lieux, les coudes posés sur la table devant lui, la tête entre ses mains, la regarda s'installer confortablement dans le grand fauteuil ergonomique, se reculant au maximum au fond du siège, et elle commença à parler :

— Monsieur Salinger, dit-elle, je tenais à vous rencontrer parce que j'ai un différend majeur avec mon responsable de stage, monsieur Redpath …

— Un différend avec Steevy ? demanda Salinger le regard inquisiteur. Mais à quel sujet ?

— Au sujet du sujet de mon stage, précisément ! répliqua-t-elle avec la fougue de la jeunesse. Monsieur Redpath estime que je devrais traiter le sujet des gens qui prennent des vacances, c'est la saison ! le soleil, la plage, le ciel bleu, etc. bref ! un sujet bateau … mais moi j'ai une meilleure idée …

— Ecoutez mademoiselle, interrompit Salinger d'un ton sec, j'ai peu de temps à vous consacrer, puisque je reçois un client

Le soldat du temps

important dans à peine cinq minutes, alors, de grâce, ne me faites pas perdre mon temps, soyez brève !

— Très bien ! cinq minutes, c'est plus de temps qu'il m'en faut pour vous convaincre de repousser votre rendez-vous et me consacrer plus de temps, répondit-elle pleine d'assurance.

Salinger la regardait avec effarement, il avait du mal à croire ce qu'il venait d'entendre. La jeune femme ne manquait pas d'aplomb, de toupet même, voire d'effronterie, mais il pensa, qu'après tout, c'était l'apanage de la jeunesse et il ne put s'empêcher de se remémorer sa propre expérience, au temps où il était lui-même un jeune journaliste, plein d'envie et d'ambition.

— Je vous écoute, dit-il simplement en prenant un air amusé.

— Eh bien, reprit-elle d'une voix haute et claire, comme je vous le disais à l'instant, je pense que mon stage serait plus bénéfique pour le journal et moi-même si vous acceptiez de changer le sujet, initialement banal, pour celui que je vais vous proposer …

Il la regardait cette fois avec indulgence et bienveillance et il l'invita à poursuivre d'un signe de la tête.

— Voilà, monsieur, continua-t-elle, peut-être avez-vous remarqué cette information publiée il y a seulement quelques jours dans la rubrique scientifique du journal et qui faisait mention d'une découverte étonnante réalisée par une équipe de chercheurs de l'Université d'Indiana … une source d'antimatière venue du cosmos …

— Non désolé, mais je n'ai pas relevé, avoua le directeur de la rédaction, car des nouvelles comme celle-ci sont fréquentes et n'ont pas toujours un grand intérêt pour notre public.

— J'ai lu attentivement ce communiqué de presse, poursuivit-elle sans se préoccuper le moins du monde du commentaire de Salinger, et je suis allée m'informer directement sur le site de l'université pour en savoir davantage. J'ai appris alors que cette source de particules avait déjà été découverte par une équipe de scientifiques du CERN, un laboratoire de recherche nucléaire européen situé à Genève, voilà 157 ans ! et cette précision est évidemment passée totalement inaperçue ! mais savez-vous ce qui est le plus extraordinaire ?

Salinger hocha la tête négativement d'un air absent pour signifier son ignorance.

— Les chercheurs de l'université d'Indiana ont découvert qu'il existait, expliqua-t-elle, plusieurs satellites géostationnaires en orbite autour de la planète Mars permettant de produire un champ magnétique puissant à l'aide d'électroaimants et de dévier ainsi le faisceau de particules venu de l'espace pour un usage scientifique. Ce dispositif est connu sous le nom de VLHC, "Very Large Hadron Collider", et il a permis la découverte du graviton, ce qui a valu, à l'époque, le prix Nobel à une équipe de savants du CERN …

— Super ! bravo à eux ! se contenta de commenter le directeur. Et en quoi cette extraordinaire épopée va-t-elle subjuguer nos lecteurs et nos spectateurs ?

— Attendez, monsieur, répliqua-t-elle sans se laisser démonter, ça n'est pas cela qui est extraordinaire, mais écoutez ceci …

Salinger ne put s'empêcher de sourire en se calant dans son fauteuil et de prendre un air condescendant.

— Ce qui est plus surprenant et méconnu, enchaîna-t-elle sans hésiter, c'est que ce système appelé VLHC a également été utilisé pour protéger la Terre lors de la fameuse pluie de météorites qui s'est abattue voilà 150 ans ! je suppose, monsieur, que vous n'ignoriez pas l'existence de cette pluie de cailloux venant du ciel il y a un siècle et demi, qui a failli détruire notre civilisation et nous précipiter plusieurs siècles en arrière dans la barbarie ?

Salinger sembla légèrement pris au dépourvu par l'interrogation de la jeune femme.

— Non, euh … enfin … j'en ai vaguement entendu parler, bredouilla-t-il le front plissé.

Le soldat du temps

— Voilà une façon évasive de dire que vous ne connaissez pas cet épisode violent de notre histoire, n'est-ce pas ? ricana-t-elle.

— A vrai dire, se reprit-il, j'ai déjà entendu parler de cette histoire, mais je me suis laissé dire que c'était une pure invention des milieux affabulateurs qui voulaient faire le buzz.

— Eh bien pas du tout ! affirma-t-elle. J'ai pu retrouver un grand nombre d'articles et de reportages dans les archives de plusieurs médias qui font état d'une catastrophe qui, non seulement, a touché les plus grands édifices dans le monde, comme la tour Eiffel à Paris … Big Ben à Londres … ou la statue de la Liberté à New York … mais qui a causé la mort de plusieurs centaines de milliers de personnes, sans compter les blessés …

— Il ne faut pas donner trop de crédit à toutes ces fausses informations qui circulent sur l'internet, objecta Salinger.

— Bien sûr ! répondit-elle aussitôt, je m'attendais à cette critique. Alors peut-être serez-vous convaincu par cela …

Elle se leva prestement de son siège et sortit une télécommande de l'une de ses poches, la manipula, et immédiatement une projection holographique fit apparaître un journaliste qui commentait des images montrant des scènes de chaos sur Terre :

« Vent de panique sur le monde : une pluie de météorites s'est abattue sur Terre sans qu'il n'y ait aucune explication rationnelle de la part des scientifiques. La plupart des météorites percutant la Terre sont habituellement de petite taille et sont volatilisées en entrant dans l'atmosphère terrestre. Or, dans la pluie qui nous frappe, plusieurs d'entre eux mesurent plus de 10 mètres de diamètre, ce qui a comme conséquences de détruire des villes et provoquer des raz de marée. Les autorités sont inquiètes car il est impossible de prévoir les zones d'impact, sauf au dernier moment, ce qui rend inutiles tous les plans d'évacuation. On note déjà des pertes énormes dans toutes les villes du monde où les victimes se comptent par centaines de milliers. »

Le soldat du temps

C'était, à l'évidence, un extrait du journal d'information de la chaîne du média "NEW YORK TIMES".

> — Il m'a fallu à peine une demi-heure pour retrouver ce document dans les archives du journal, dit-elle d'un air faussement modeste.

Le directeur de la rédaction parut légèrement ébranlé par l'argument de la stagiaire. Anisha Pauwels poursuivit sa démonstration en projetant un nouvel extrait du même média :

> *« Selon nos propres informations, la pluie de météorites qui frappait la Terre depuis plusieurs semaines sans discontinuer a cessé grâce à une arme providentielle déployée par une équipe de chercheurs du CERN de Genève. Utilisant un "synchrotron spatial" appelé VLHC pour dévier une source d'antiprotons provenant du cosmos, les scientifiques du CERN, appuyés par des observations astronomiques, ont fabriqué un véritable "canon" pour désintégrer les plus gros cailloux qui menaçaient de s'abattre sur Terre. »*

La même source donnait les précisions suivantes quelques semaines plus tard :

> *« Le Premier ministre de sa Majesté britannique, Vince Taylor, a tenu une conférence de presse dans laquelle il a affirmé que la menace que constituait la pluie de météorites était définitivement écartée, sans qu'aucune explication n'ait pu être fournie par la communauté scientifique. Il a salué le courage de l'équipe du CERN, et en particulier d'un certain Maxence Berger, dont l'action a été, a-t-il dit, déterminante. L'origine de ce désastre reste toujours mystérieuse, est-ce une pluie naturelle qui pourrait donc se reproduire ? Ou bien, comme certaines rumeurs l'affirment, a-t-elle été provoquée par des forces cosmiques obscures et surnaturelles ? »*

Salinger restait bouche bée devant ce qui semblait être pour lui une révélation et son mutisme en disait long sur son désarroi. A cet instant, un signal le prévint d'un appel de son secrétariat :

Le soldat du temps

— Les personnes qui ont rendez-vous avec vous sont arrivées ! dit
une voix métallique.

— Veuillez leur dire que je ne suis pas disponible à cause d'une
urgence et décalez ce rendez-vous, je vous prie ! répondit-il d'un
air distrait, le regard toujours fixé sur les images apocalyptiques
qui défilaient sous ses yeux, montrant des villes entières
dévastées après la catastrophe.

— Je n'avais jamais vu ces images et à quel point la Terre avait été
frappée par cette pluie de cailloux, dit-il en se tournant vers la
jeune stagiaire qui jubilait intérieurement mais sans le faire
paraître le moins du monde.

A présent il la regardait avec des yeux neufs, avec compassion,
presqu'admiration même, car elle avait réussi à gagner son pari,
l'intéresser au point qu'il annule son rendez-vous. En lui-même, il
pensa que ce petit bout de femme avait plus de force et de volonté
qu'il n'y paraissait et il appréciait la détermination dont elle avait fait
preuve. Pris par son métier, il n'avait jamais osé saisir l'opportunité de
fonder une famille, c'est ainsi qu'il se dédouanait de son désintérêt
pour sa vie personnelle, et il se surprit à penser que, si cela avait été le
cas et s'il avait eu une fille, c'est à celle-ci qu'il aurait aimé qu'elle
ressemblât.

— Savons-nous aujourd'hui quelle a été l'origine de ce cataclysme ?
demanda-t-il intéressé.

— Non monsieur, je ne crois pas, répondit-elle, en tout cas, je n'ai
pas trouvé trace d'une quelconque explication sérieuse. Et c'est
précisément ce qui pourrait faire l'objet de mon sujet de stage …

— Quelles sont donc les explications avancées ? interrogea-t-il sans
prêter attention à la perche tendue par la stagiaire.

— Eh bien, expliqua-t-elle en évitant de montrer son impatience, ce
qui est une certitude, d'après les archives de l'observatoire
astronomique du mont Wilson ce cette époque, c'est que les
astéroïdes provenaient de la ceinture trans-martienne, située
entre Mars et Jupiter, et qu'ils ont été déviés de leur trajectoire

par une force gravitationnelle non identifiée, puisqu'aucun objet céleste dans cette région de l'espace n'est assez lourd pour expliquer le phénomène …

— Alors, bien sûr, poursuivit-elle, les explications plus fantaisistes les unes que les autres ne manquent pas ! les uns, religieux ou mystiques, ont invoqué la puissance céleste qui a voulu punir les terriens pour la gravité de leurs péchés. Les autres, tenants de l'obscurantisme, ont prétendu qu'il s'agissait là d'une œuvre de la secte du Diable et ont profité de la naïveté de certains pour devenir des gourous et s'enrichir opportunément. Les derniers enfin, ont supposé que les inévitables extraterrestres avaient tout orchestré !

— Et où va votre préférence ? questionna le directeur de la publication avec un sourire.

— Une vraie journaliste ne se lance pas dans une investigation avec des préjugés fondés sur du vent ! lâcha-t-elle avec assurance et certitude. C'est la première des choses que l'on apprend à l'école des journalistes, n'est-ce pas ?

— Bravo, mademoiselle ! complimenta Salinger, c'est, en effet un bon principe …

— Et pour mon sujet de stage alors ? demanda-t-elle d'une petite voix avec une pointe d'impatience.

Salinger se donna quelques secondes de réflexion, le front plissé, comme si sa réponse était difficile à venir.

— Eh bien, mademoiselle Pauwels … finit-il par dire en hésitant, je dois reconnaître que le sujet que vous avez proposé est un excellent sujet pour une enquête journalistique, certes …

— Mais ? … coupa la jeune femme la mine sombre.

— Mais, enchaîna-t-il, on ne confie pas une investigation aussi délicate et aussi complexe à une stagiaire inexpérimentée, même si elle a réussi ses concours avec brio, et qui plus est, qui ne va rester que quelques semaines dans sa fonction … mais …

Le soldat du temps

— Mais ? répéta miss Pauwels, le regard soudain plus vif.

— Mais vous avez fait preuve d'une telle implication et d'une telle audace, reconnut-il, que j'ai quelques scrupules à vous dessaisir de cette affaire … alors, voici ce que je vous propose …

— Je vous charge de défricher ce sujet, déclara-t-il, c'est à dire de faire les premières investigations et de consacrer votre mémoire à rassembler le maximum de matériaux et à progresser dans les différentes hypothèses qui pourraient expliquer cette pluie de météorites qui a ravagé la Terre voilà 150 ans.

Anisha Pauwels, toute excitée, se leva d'un bond de sa chaise et se précipita vers le directeur de la publication pour lui déposer une bise sur le front avant de bondir en courant hors du bureau.

— Bon, à présent, marmonna-t-il pendant qu'elle refermait la porte, il va falloir que j'explique à ce brave Steevy que j'ai été convaincu par la stagiaire pour autre chose que son charme, et ça, ça va pas être le plus facile !

II - Voyage à Londres

Il ne fallut que très peu de temps pour les formalités de douane après que la navette se soit posée sur l'aéroport international de Londres en provenance de New-York. Anisha Pauwels trouva rapidement un taxi-drone qui la conduisit à l'adresse qu'elle avait indiquée. C'était l'heure de pointe et malgré une circulation assez dense, l'engin la déposa quelques minutes plus tard devant une grande bâtisse située dans la proche banlieue de Londres. La grande maison de style ancien était protégée par d'immenses murs qui clôturaient la propriété, tout près d'un charmant petit village où de nombreux cottages récents d'allure typique bordaient les rues adjacentes.

Une grille géante interdisait l'entrée dans le domaine et l'on pouvait apercevoir le perron d'entrée de la demeure, au bout de l'allée, pavée de vieux galets et ornée d'arbustes en fleur. Le calme et le silence campagnards des lieux contrastaient avec l'agitation du centre-ville. Elle ne connaissait pas Londres avant cette visite et, à fortiori, n'était jamais venue dans cet endroit.

Anisha Pauwels approcha de la grille et remarqua qu'une caméra suivait tous ses mouvements et gestes. Elle cherchait une sonnette ou bien un moyen de signaler sa présence, lorsqu'une voix, semblant sortir d'un boitier fixé sur l'un des piliers du portail, s'adressa à elle :

— Vous êtes mademoiselle Pauwels ? entendit-elle.

— Oui ! répondit-elle d'une voix ferme.

— Veuillez entrer ! dit la voix.

Le portail s'ouvrit lentement et elle prit sans hésiter la direction de la bâtisse par le chemin pavé de galets et de graviers qui crissaient sous ses pas. La grande construction de briques rouges se dressait, imposante sur un fond de verdure sauvage, et on reconnaissait le style

Le soldat du temps

caractéristique des maisons bourgeoises de l'époque victorienne aux escaliers qui permettaient d'accéder à la porte d'entrée. Elle avait atteint le perron lorsque la porte massive en bois s'entrouvrit et la silhouette d'un homme lui fit signe de le suivre à l'intérieur.

Elle entra dans un grand vestibule plutôt sombre, aux murs hauts, qui accueillait les visiteurs et elle remarqua aussitôt la décoration chargée de la maison. Une vieille horloge située dans un coin d'angle, avec un revêtement en bois d'ébène, semblait toujours donner l'heure exacte et un petit meuble ancien de couleur noire lui-aussi complétait l'ameublement de la pièce. Accrochés aux murs, de lourdes tapisseries ainsi que des tableaux d'époque chargés de couleurs agressives n'avaient rien d'une parure décorative relaxante, mais procuraient plutôt un sentiment d'oppression. Un escalier de marbre, majestueux, avec une rampe en bois, conduisait aux étages.

L'homme était petit, chauve, âgé d'une cinquantaine d'années, et vêtu d'un costume étriqué passé de mode. Elle imagina qu'il ne devait pas sortir sans son chapeau melon et son parapluie, car c'était à cette caricature que l'individu faisait penser. Il la conduisit dans une pièce adjacente, une sorte de bibliothèque, décorée avec la même lourdeur que le hall d'entrée. Une immense armoire faisait office de meuble bibliothèque et de nombreux bouquins étaient disposés sur les étagères. Dans un coin, une grande cheminée, qui n'avait pas servi depuis longtemps, contribuait sans nul doute à donner au petit salon l'atmosphère chaude qui s'en dégageait. Au milieu de la pièce, un divan en tissu et des fauteuils assortis complétaient la décoration et l'ameublement riche de style ancien.

Il lui fit un signe de la main pour l'inviter à prendre place sur l'un des deux grands fauteuils et il s'assit face à elle sur le divan. Eclairée par deux grandes fenêtres ouvrant sur le nord, le salon restait assez sombre et elle avait du mal à distinguer clairement les traits de son interlocuteur.

> — Vous êtes mademoiselle Pauwels, dit-il d'une voix basse, et vous vous intéressez à cette triste période de notre histoire durant laquelle une pluie de cailloux est tombée du ciel, n'est-ce pas ?

Le soldat du temps

— Oui, c'est exact ! répondit-elle, et vous ? qui êtes-vous ? vous n'avez pas donné votre nom en répondant à mon annonce …

— Mon nom n'a aucune importance, dit-il sèchement en la coupant, il n'a aucun intérêt pour votre enquête ! je ne porte pas un nom connu et je ne fais pas partie des gens peoples, donc cela n'a aucune utilité que vous le sachiez, d'autant que je tiens de toutes les manières à garder l'anonymat ! c'est à cette condition expresse que je consens à vous révéler ce que j'ai à dire !

— Il n'y a aucun problème, s'empressa-t-elle de répondre surprise par le ton sévère de son hôte, dans notre métier c'est chose courante que les sources souhaitent garder l'anonymat.

— Puis-je vous offrir quelque chose ? demanda-t-il d'une voix apaisée. Thé ? café ? boisson fraîche ?

— Non, je vous remercie, dit-elle, je n'ai besoin de rien pour l'instant.

L'homme prit le temps de se servir une tasse de thé, avec des gestes lents mais précis, selon ce qui semblait être un vrai rituel pour lui. Il dévisagea la jeune femme durant quelques secondes avant de déclarer :

— Vous me paraissez bien jeune mademoiselle, dit-il, pour une enquête journalistique confiée par ce grand média qu'est le "NEW YORK TIMES" …

— Vous voulez voir ma carte de presse ? répondit-elle en faisant mine de chercher dans son sac.

— Non, dit-il, c'est inutile, je n'ai aucune raison de ne pas vous faire confiance.

Miss Pauwels tentait de cacher tant bien que mal son impatience, tandis que le mystérieux personnage prit le temps de déguster plusieurs gorgées du thé chaud avant de reprendre la parole :

— Savez-vous mademoiselle Pauwels, dit-il, que la catastrophe qui a frappé la Terre voilà 150 ans a été une épreuve terrible pour le genre humain et que nous avons été à deux doigts de voir notre civilisation détruite pour retourner dans une époque proche de la barbarie ...

— Malgré cela, poursuivit-il sans attendre une réponse, il s'agit d'un épisode de notre histoire assez méconnu et même ignoré de la plupart de nos concitoyens. C'est pourquoi, lorsque j'ai vu votre petite annonce dans le média, j'ai pensé qu'il était peut-être temps de rafraichir la mémoire de ceux qui ne portaient pas grand intérêt pour ce qu'ont fait nos ancêtres à cette époque ...

— Oui, enchaina-t-il, si je suis motivé pour remettre en lumière cet évènement, c'est, vous vous en doutez peut-être, parce que ma famille y a été mêlée d'assez proche, puisque l'un de mes arrières grands-pères s'appelait Tom Farrell. Oui, je sais, ce nom ne vous dira rien du tout, mais Tom Farrell a été chargé de la Sureté Nationale, au 10 Downing Street, auprès du Premier ministre de sa Majesté de l'époque, un certain Vince Taylor ...

— Vince Taylor, celui qui est devenu ensuite le secrétaire général de l'ONU ? questionna-t-elle.

— Oui, exactement, confirma l'homme. Donc, Tom Farrell, vous disais-je, était aux premières loges lors de la crise qui a secoué nos démocraties. C'était un militaire et un grand patriote, alors il s'est abstenu jusqu'à sa mort de tout commentaire pour honorer la confiance que le Premier ministre lui avait accordée ... mais il a laissé ses mémoires pour sa descendance car, bien que tenu au secret professionnel de son vivant, il pensait que ce à quoi il avait assisté devait être un jour révélé ...

— Et vous estimez que ce jour est arrivé ? interrogea la jeune femme.

— Oui, dit l'homme, enfin je pense que votre annonce est une opportunité ... un signe même ... comme un signal du destin que notre famille attendait. Je vous l'ai dit, je ne souhaite pas que mon nom apparaisse en liaison avec cette affaire et sans votre annonce, je n'aurai jamais eu le cœur à faire ces révélations ...

Le soldat du temps

— Et que contenaient ses mémoires ? demanda la jeune journaliste soudain excitée par les propos de l'inconnu.

L'homme prit le temps de se resservir une tasse de thé et de boire lentement une gorgée, comme le thé doit être bu, sans précipitation.

— Eh bien, mademoiselle, dit-il, c'est une longue histoire, car Tom Farrell n'a laissé que quelques feuillets manuscrits, mais ils sont denses !

— Puis-je en avoir une copie ? s'empressa-t-elle de réclamer.

— Comme vous y allez, mademoiselle Pauwels, répondit-il, nous verrons plus tard cette question.

— Si c'est de l'argent que vous voulez … se hasarda-t-elle.

— Pas du tout ! répliqua-t-il sèchement en prenant l'air offusqué, si c'était pour de l'argent que j'envisage de faire cela, vous n'auriez aucune chance, car je pourrais vendre ces documents à un prix sur lequel vous ne pourriez pas vous aligner … si vous êtes là c'est tout simplement parce que Tom Farrell avait souhaité rendre publiques ses mémoires et que votre média me paraît avoir la notoriété suffisante, sinon …

— Soit ! dit-elle, veuillez m'excuser.

Maintenant qu'elle s'était habituée à la relative obscurité de la pièce, elle pouvait voir ses yeux gris, vifs et perçants comme ceux d'un rapace, et découvrir son visage d'une pâleur maladive. A présent le petit homme lui paraissait frêle et fragile, mais avec une détermination féroce dans le regard et le langage du corps. Elle lui laissa le temps de retrouver son calme intérieur et attendit patiemment qu'il reprenne la parole :

— Ce que je vais vous révéler mademoiselle, dit-il, va vous paraître étrange et insolite, sans aucun doute, mais ne m'interrompez pas, je vous prie, vous aurez du temps ensuite pour me poser vos questions, et si je peux y répondre …

— Pour Tom Farrell, poursuivit-il sereinement, tout a commencé lorsque des astronomes sont venus au 10 Downing Street à

Le soldat du temps

l'invitation de Vince Taylor, le premier Ministre, alors que la menace se précisait, à savoir une pluie de météorites … mais son aventure devient véritablement incroyable et extraordinaire lorsqu'il affirme avoir fait partie, à la tête d'une unité d'élites de l'armée britannique, d'un commando qui a pris d'assaut un vaisseau extraterrestre aux abords de la Lune …

L'individu s'arrêta un instant pour voir l'effet de ses propos chez la journaliste, mais celle-ci restait volontairement imperturbable en attendant la suite.

— Il affirme également que ces troupes étaient sous les ordres d'un certain Ely Fox, un "commandeur" qui prétendait venir du futur ! poursuivit-il en observant les réactions de la jeune femme du coin de l'œil. Un combat de courte durée aurait eu lieu avant que le vaisseau ne soit capturé et que tous ses occupants n'aient été éliminés. Malheureusement, ces Aliens se liquéfiaient après qu'ils soient abattus et le pilote automatique du vaisseau a délibérément mis le cap sur le soleil pour ne pas tomber aux mains ennemies …

— Mais, toujours d'après Farrell, une vidéo de l'intérieur du navire aurait été filmée et certains objets et documents auraient été récupérés … la pluie de météorites a définitivement cessé à ce moment-là parce que c'était le vaisseau qui provoquait l'anomalie gravitationnelle déviant les cailloux vers la Terre …

— Avec l'accord des autorités officielles, le "commandeur" Fox a ensuite mis sous surveillance la pyramide de Djoser située sur le site archéologique de Sakkarah, en Egypte, dit l'inconnu, car il soupçonnait ce monument de renfermer une « porte sur l'espace-temps » par laquelle les aliens présents encore sur Terre s'apprêtaient à s'enfuir. Il semblerait que plusieurs d'entre eux aient été interceptés et exterminés. Là encore, certains objets auraient été saisis … voilà, mademoiselle Pauwels, termina-t-il, ce que contiennent, en résumé, les feuillets de Tom Farrell …

Le soldat du temps

Il s'ensuivit un long silence durant lequel l'homme guettait une réaction de son invitée. Puis elle se décida enfin à ouvrir la bouche :

— Puis-je avoir quelque chose à boire à présent ? demanda-t-elle un peu ébranlée.

— Mais certainement, dit l'homme, thé ? café ? ou boisson fraîche ?

— Auriez-vous un truc un peu plus réconfortant ? se hasarda-t-elle.

— Scotch whisky ? répliqua-t-il.

— Parfait ! oui un scotch whisky ! acquiesça-t-elle, sans glace !

L'homme disparut quelques instants avant de revenir avec une bouteille d'un vieux whisky écossais. Il en versa une large rasade dans un grand verre décoré aux armoiries d'une ancienne dynastie. Elle but d'un trait une bonne moitié du liquide et sembla frissonner tout en retrouvant des couleurs sous l'effet du whisky.

— Monsieur "Nobody", finit-elle par articuler d'une voix ferme en le regardant droit dans les yeux, je ne doute personnellement pas que ce que vous me dites est la pure vérité en accord avec les feuillets testamentaires de votre aïeul Tom Farrell, et je ne pense pas que vous m'ayez fait venir de New-York pour rien …

— Mais, sauf le respect que je vous dois, croyez-vous une seconde que mon chef de rédaction va m'autoriser à publier cette histoire dans les colonnes du prestigieux journal "NEW YORK TIMES" ? croyez-vous également une seconde que, en imaginant que ce récit soit publié, les lecteurs et les clients abonnés, qui payent cher pour avoir des nouvelles sérieuses, vont penser autre chose que nous les prenons pour des idiots ?

L'homme sembla surpris un court instant par la détermination que la jeune femme mettait dans l'expression de ses propos et il garda le silence le temps de boire une gorgée de son thé froid.

— Sachez mademoiselle Pauwels, répondit-il d'une voix sereine, que je suis bien conscient que l'épopée de Tom Farrell est peu commune et qu'à première vue, elle n'est pas très crédible en effet. C'est d'ailleurs sans doute la raison pour laquelle ses descendants ne se sont pas précipités, jusqu'ici, pour la faire publier ...

— Mais, je ne suis pas plus idiot que vos lecteurs, mademoiselle, poursuivit-il avec un léger sourire au coin des lèvres, et Tom Farrell non plus ! il avait, lui aussi, conscience que son récit n'aurait aucune valeur s'il n'était pas étayé par un argument concret ...

— Et quel est cet argument concret ? interrogea la jeune femme intéressée.

— Il s'agit d'un objet que Tom Farrell a soustrait de la « caverne d'Ali Baba », répondit l'inconnu.

— Qu'appelez-vous la « caverne d'Ali Baba », demanda miss Pauwels.

— Eh bien, expliqua l'homme, vous savez sans doute que tous les chefs d'état reçoivent une multitude de cadeaux diplomatiques en tous genres durant leur mandat, objets typiques d'une civilisation, meubles originaux, souvenirs de voyages, et même des animaux vivants ! tout cela leur est remis, non pas à titre personnel, mais au nom de la nation qu'ils représentent, et donc, ces offrandes sont stockées en un lieu que l'on appelle communément la « caverne d'Ali Baba », tout simplement parce qu'il contient une somme de présents de toutes natures, plus étranges les uns que les autres ...

— Tom Farrell a donc "omis" d'y déposer l'un de ces objets, précisa l'homme, un objet qu'on lui avait confié et qui avait été offert à Vince Taylor. Oui, je sais, ça n'est pas bien de faire cela, mais Farrell avait anticipé, dès ce moment-là, la discussion que nous venons d'avoir et la difficulté de croire en son aventure. Alors il a détourné un objet qui, de son point de vue, pouvait rendre crédible son histoire ...

— Et quel est cet objet ? demanda la journaliste toute excitée.

Le soldat du temps

— Un peu de patience, dit l'homme avec un large sourire, je vais vous le confier. Mais auparavant, promettez-moi une chose …

— Laquelle ? questionna miss Pauwels.

— Je vous confie cet objet, expliqua-t-il, qui est le seul élément concret qui permette de rendre crédible le récit que je viens de vous raconter, alors, si vous ne publiez pas dans votre journal l'histoire de Tom Farrell, pour quelque raison que ce soit, je vous demande de vous engager à me restituer cet objet … car c'est la seule chose en ma possession qui fasse partie du patrimoine familial et qui puisse accréditer la formidable épopée de mon aïeul ! j'espère que vous me comprenez …

Le soldat du temps

III - LE COMITÉ DE RÉDACTION

Samuel Salinger, le chef de la rédaction, une tasse de café à la main, entra précipitamment dans la salle de réunion où l'attendaient déjà les membres du comité de rédaction du "NEW YORK TIMES", et prit place sur son siège au centre de la table. Il y avait là tous les cadres du journal, Steevy Redpath son adjoint, Stefan Schreiber, spécialiste des publications scientifiques, David Hamilton, spécialiste de la rubrique socio-économique, Klaus Michelson, chargé des questions politiques et Izard Jérémie, spécialiste des questions relatives à la santé. En bout de table, siégeait Anisha Pauwels, la jeune stagiaire et tous les journalistes chevronnés présents dans la pièce se demandaient ce que, fichtre, cette novice faisait là.

— Messieurs bonjour, dit le patron de la rédaction, et merci pour être venus malgré mon invitation tardive à ce comité de rédaction extraordinaire. Si je vous ai proposé de tenir cette réunion en urgence aujourd'hui c'est parce que, pour la première fois dans ma longue carrière professionnelle, je suis confronté à un terrible dilemme et je compte sur vous pour m'éclairer et m'aider à sortir de cette situation inconfortable ...

— Je vais aller droit au but, poursuivit-il, et vous poserez ensuite toutes vos questions. Je suppose que vous vous demandez ce que fait là mademoiselle Pauwels, notre jeune stagiaire. Elle pourrait être présente pour assister à l'une de nos réunions, comme son apprentissage l'y autorise, mais cela n'est pas le cas aujourd'hui et je m'explique ...

— Il y a maintenant quelques semaines, j'ai accepté de confier à mademoiselle Pauwels, malgré l'avis de Steevy, le soin de défricher une investigation sur un sujet qui lui tenait à cœur et non pas celui qui lui avait été donné, les vacances estivales. Elle

Le soldat du temps

souhaitait travailler sur les causes qui ont provoqué une pluie de météorites sur Terre il y a environ 150 ans et qui a menacé durant quelques semaines l'avenir même de notre civilisation … je suppose que vous avez tous en mémoire cet épisode tragique de notre histoire, n'est-ce pas …

— Tiens, toi Stefan, demanda-t-il provocateur, toi qui est censé tout connaître des questions scientifiques, tu situes bien cet évènement n'est-ce pas ?

— Euh … pas vraiment non, répondit l'intéressé.

— Bon, poursuivit Salinger, comme je me doutais bien que, tout comme moi, vous n'auriez plus aucun souvenir de cette histoire, je vous ai préparé, avec l'aide de mademoiselle Pauwels, un extrait des journaux d'information de l'époque diffusés sur nos antennes …

Salinger manipula une télécommande et des images de désolation, de villes défigurées et de quartiers totalement détruits défilèrent sous les yeux des journalistes. Des reportages de personnes ayant tout perdu et des images de familles entières décimées venaient compléter ce terrible tableau. Les vidéos projetées étaient sensiblement les mêmes que celles visionnées par Salinger quelques semaines auparavant, mais avec des compléments pertinents que miss Pauwels avait cru bon de rajouter.

— Comme vous pourrez en convenir, reprit le rédacteur en chef, ce sujet, lourd et complexe, mériterait sans doute un journaliste senior, c'est pourquoi j'ai chargé mademoiselle Pauwels de faire seulement une enquête préliminaire pour son mémoire de stage. Alors, à présent, je vais lui laisser le soin de vous présenter ses résultats à l'approche de la fin de son séjour chez nous en qualité de stagiaire …

Tous les membres de la rédaction se tournèrent alors vers la jeune femme qui ne semblait pas impressionnée le moins du monde. Lentement, mais avec des gestes précis, elle sortit de son sac une boîte métallique qui brillait intensément et qu'elle plaça devant elle. Miss Pauwels ouvrit la boîte et, sans un mot, sortit un objet qu'elle posa

Le soldat du temps

délicatement sur la table, à la vue de tout le monde. Il s'agissait d'une sphère transparente de petite taille, placée sur un socle stable, dans laquelle on pouvait discerner six sphères, trois petites et trois plus grandes, tournant autour d'un point central très brillant. L'une des trois petites sphères se singularisait par le fait qu'elle brillait d'un bleu azur.

Les hommes autour de la table restèrent bouche bée, fascinés par le mouvement des sphères se déroulant sous leurs yeux.

— Qu'est-ce que c'est ? demanda Izard, un jouet ?

— Oui, observa Michelson, on dirait un jeu en trois dimensions … mais je ne vois pas bien l'intérêt …

— Mais non ! répliqua Schreiber, c'est à coup sûr un système planétaire évoluant autour d'un astre solaire …

— Laissons donc mademoiselle Pauwels nous dire ce que cela représente … proposa Hamilton.

Anisha Pauwels eut un léger sourire avant de répondre :

— Cet objet a été expertisé voilà près de 150 ans, poursuivit-elle, c'est-à-dire au moment où il a été remis à Vince Taylor, le Premier ministre de sa Majesté britannique de l'époque …

— Et monsieur Schreiber a raison, dit-elle, les scientifiques qui ont analysé la chose prétendent qu'il s'agit bien de la réplique d'un système planétaire, tournant autour d'une étoile, tout à fait comparable à la nôtre, mais cela n'est pas la nôtre ! … de plus, l'objet semble avoir été fabriqué avec des matériaux totalement inconnus et il est animé d'un mouvement perpétuel. Ils ont cherché vainement à l'ouvrir, mais il a résisté à toutes les tentatives d'effraction …

— Vous voulez dire que cet objet fonctionne ainsi depuis 150 ans ? interrogea Izard.

— Oui ! et ils en ont finalement conclu que cet objet n'avait pas pu être confectionné sur Terre ! asséna sereinement miss Pauwels, intérieurement satisfaite d'elle-même.

Le soldat du temps

Un lourd silence plana quelques instants dans la salle. Salinger restait muet et pensait que la stagiaire se débrouillait plutôt pas mal car il n'avait pas songé à présenter les choses de cette manière qu'il jugeait plutôt pédagogique.

- — Vous êtes sérieuse ? demanda Redpath, l'adjoint du chef de la rédaction.

- — Tout à fait sérieuse ! répliqua instantanément miss Pauwels.

- — Mais d'où provient-il alors ? questionna Michelson.

- — Qui vous l'a donné ? s'enquit Michelson. Comment est-il arrivé entre vos mains ?

- — Quel rapport a-t-il donc avec le sujet de votre mémoire ? interrogea Hamilton.

- — Du calme, messieurs, intervint le chef de la rédaction, pas tous à la fois. Mademoiselle Pauwels va vous répondre, pour autant qu'elle le puisse …

La jeune stagiaire prit le temps de boire une gorgée d'eau du verre placé devant elle.

- — Remettons les choses dans l'ordre, reprit-elle d'une voix posée. Cet objet m'a été confié il y a quelques semaines par un homme, habitant la banlieue londonienne, qui souhaite conserver l'anonymat et qui a répondu à mon annonce dans laquelle je manifestais mon intérêt pour cette période noire où la Terre a été dévastée par une pluie de cailloux venus de l'espace. Sa motivation est de faire en sorte que le vœu testamentaire de son aïeul, un certain Tom Farrell, soit respecté en rendant public le récit qu'il a légué à ses héritiers. L'homme que j'ai rencontré et qui m'a confié cet objet m'a raconté l'extraordinaire aventure de son ancêtre, le fameux Tom Farrell, qui a laissé ses mémoires restées jusque-là confidentielles …

- — Et quelle est donc cette aventure ? interrompit Schreiber.

Le soldat du temps

— Eh bien, dit-elle avec un léger sourire, j'espère que vous êtes bien assis parce qu'il s'agit d'une épopée digne des meilleurs récits de science-fiction …

— En effet, selon mon interlocuteur londonien, enchaîna-t-elle, Tom Farrell était chargé de la Sureté Nationale, au 10 Downing Street, auprès du Premier ministre de sa Majesté, Vince Taylor, celui-là même qui est devenu ensuite secrétaire général des Nations Unies. C'est à ce titre qu'il a pu être informé de certaines affaires d'état et qu'il a participé, tenez-vous bien, à la prise d'assaut d'un vaisseau extraterrestre qui était responsable de la pluie de météorites qui visait la terre, c'était voilà 150 ans …

Miss Pauwels s'arrêta un instant pour juger de l'effet de ses propos sur son public. Tout le comité de rédaction semblait captivé par son histoire.

— C'est dans ce vaisseau que l'objet que vous avez devant vous a été saisi, poursuivit-elle imperturbable. Et vous voyez à présent la relation entre cette chose et le sujet de mon stage … Tom Farrell s'est vu confié tous les objets saisis dans le vaisseau spatial pour les remettre dans la « caverne d'Ali Baba » …

— Qu'est-ce donc la « caverne d'Ali Baba » ? demanda Izard.

— C'est le service chargé de collectionner tous les cadeaux diplomatiques et protocolaires reçus par les chefs d'état, expliqua Michelson, le chargé des questions politiques.

— Oui, dit-elle, mais Tom Farrell a omis de remettre cet objet, comme il était tenu de le faire, dans le but précis de rendre crédible son histoire qu'il avait déjà dans l'idée de publier. Il ne l'a pas fait de son vivant parce qu'il était fidèle à ses engagements de militaire envers la Couronne, mais il a laissé à ses descendants, comme dernière volonté, le soin de publier son aventure, et c'est ce que mon interlocuteur londonien a voulu faire en me contactant, séduit par la notoriété du journal …

Le soldat du temps

— Mais cette histoire est proprement incroyable ! s'exclama Steevy Redpath. Et puis elle ne repose que sur l'objet que nous avons là, et si c'était une supercherie ? je trouve que c'est un peu maigre pour croire ce type qui ne veut même pas se montrer !

— Tu n'as pas tort Steevy d'avoir un avis sceptique, reconnut Salinger, d'autant que l'histoire ne s'arrête pas là et que d'autres révélations encore plus invraisemblables ont été fournies par l'homme en question ...

— Mademoiselle Pauwels, il faut donner quelques précisions supplémentaires ... dit-il en se tournant vers la jeune femme.

— On peut comprendre les interrogations et les doutes de monsieur Redpath, enchaîna la jeune femme, d'autant plus que monsieur Salinger et moi-même avons eu les mêmes. Cet objet m'a été confié il y a cinq semaines environ et j'ai passé tout ce temps à « dégrossir » cette histoire. Nous avons donc donné l'objet en question à un laboratoire universitaire avec lequel le journal est en partenariat de longue date et leur avis confirme le diagnostic déjà réalisé 150 ans plus tôt, à savoir « qu'il n'est pas de fabrication humaine » ...

— Le récit de Tom Farrell, poursuivit-elle, mentionne également que les extraterrestres utilisaient une « porte de l'espace » pour fuir la Terre et que cette porte se trouvait sous la pyramide de Djoser située sur le site archéologique de Sakkarah en Egypte. D'après les recherches que j'ai effectuées, il se trouve que cette pyramide, jadis ouverte aux touristes, n'est plus accessible au public et savez-vous de quand date cette interdiction ? je vous le donne en mille ...

— Il y a 150 ans ! déclara spontanément Hamilton.

— Bingo ! confirma la stagiaire. Et puis j'ai découvert autre chose d'étrange, qui n'est certes pas en relation directe avec le récit de Tom Farrell, mais qui se rapporte à la même période et aux mêmes évènements dramatiques de cette époque. A l'origine de mon intérêt pour cette tragédie qui a frappé la terre était la

Le soldat du temps

découverte faite par les chercheurs de l'Université d'Indiana d'un faisceau d'antimatière venu du cosmos …

> — Ils ont constaté en même temps qu'il existait un ensemble de satellites géostationnaires en orbite autour de Mars permettant de dévier ce faisceau de particules pour un usage scientifique. Ce dispositif, connu sous le nom de VLHC, "Very Large Hadron Collider", a permis la mise en évidence du graviton et une équipe de scientifiques du CERN a obtenu pour cela le prix Nobel … parmi eux se trouvait un chercheur nommé Maxence Berger …

> — Or, enchaîna-t-elle, c'est ce VLHC qui a également été utilisé pour protéger la Terre lors de la pluie de météorites avant que le vaisseau extraterrestre ne soit détruit. Et qui croyez-vous qui était le principal acteur de la mise en œuvre du VLHC ? le fameux Maxence Berger !

> — Et qu'y-a-t-il d'extraordinaire à cela ? se hasarda Steevy Redpath.

Salinger ne put s'empêcher de sourire en se calant dans son fauteuil tandis que la jeune femme lui lançait un regard complice.

> — Eh bien, monsieur Redpath, répondit-elle, au début je n'avais pas remarqué, mais un détail a attiré mon attention. Sur la photo, à l'époque du prix Nobel, Maxence Berger parait être âgé d'une cinquantaine d'années environ, alors que la pluie de météorites a eu lieu soixante ans plus tard ! j'ai donc demandé un extrait de l'acte de naissance du scientifique français et, oh surprise ! Maxence Berger aurait eu cent-quinze ans aux commandes du VLHC ! comment expliquez-vous cette contradiction attestée par trois documents officiellement datés ?

Les membres du comité de rédaction étaient interloqués et incrédules, bouche bée, le regard perdu, ne sachant que penser.

> — Et quelle est votre explication ? demanda Michelson d'une petite voix.

Le soldat du temps

— J'ai eu beau tourner cette affaire dans tous les sens, répliqua-t-elle avec le ton de la patience professorale, je ne vois qu'une seule explication possible, c'est que monsieur Berger a fait une escale dans le temps !

— Dans le temps ? s'écria Redpath, cette histoire n'était-elle pas suffisamment burlesque et saugrenue ? après les extraterrestres, voici des personnes qui se déplacent dans le temps ! ridicule mademoiselle ! cette histoire va nous ridiculiser …

— Allons, un peu de sang-froid Steevy ! intervint Salinger. Mademoiselle Pauwels évoque cette possibilité parce que Tom Farrell a fait allusion au fait que le commando qui a pris d'assaut le vaisseau spatial aurait été en partie composé d'hommes venus du futur commandés par un certain Ely Fox. Mais je reconnais que tout cela est difficile à croire …

— Je vous ai dit en tout début de réunion que j'avais un grave dilemme à résoudre, poursuivit-il, et que je vous avais réuni pour en parler. Eh bien, vous le percevez à présent, nous avons là une affaire invraisemblable, avec pourtant quelques éléments objectifs et concrets apportés par mademoiselle Pauwels, que je remercie d'ailleurs pour le travail remarquable qu'elle a accompli ! mais mon interrogation est la suivante …

— Pensez-vous, dit-il, que nous en savons assez et que nous pouvons publier cette histoire en l'état, ou bien est-ce trop tôt, et nous devons compléter cette enquête avec des investigations supplémentaires ? et si c'est le cas, dans quelle direction devons-nous chercher ?

Il y eut une pause silencieuse où chacun semblait plus préoccupé à reprendre ses esprits qu'à répondre à la question posée. Puis, ce fut Stefan Schreiber, le spécialiste des publications scientifiques, qui prit la parole en s'adressant au directeur de la publication :

— Sam, dit-il d'une voix assurée, l'histoire de ce Tom Farrell semble très captivante et elle est peut-être vraie, car je ne vois pas l'intérêt qu'aurait eu ce garçon à mentir. D'ailleurs, il faut

Le soldat du temps

reconnaître que les arguments tangibles apportés par mademoiselle Pauwels sont troublants et plaident en faveur de la véracité du récit. Mais, il faut se mettre à la place du grand public qui va prendre connaissance de cette aventure et qui n'aura pas forcément la patience de peser le pour et le contre. Il va donc penser qu'il s'agit là d'une histoire écrite par un journaliste en manque d'inspiration pendant la période estivale. Alors, mon avis est d'éviter de publier tout cela pour l'instant …

— Je suis totalement d'accord avec toi Stefan, enchaîna Steevy Redpath, car même s'il est vrai que certains faits sont inexplicables, aussi bien l'objet devant nous que l'âge de ce prix Nobel, cette histoire comporte, de mon point de vue, trop d'affirmations irréalistes et bien peu crédibles, fondées seulement sur la parole d'un individu qui se réfugie dans l'anonymat. Je ne sais pas si un complément d'enquête va changer grand-chose, mais je ne pense pas qu'il faille nous ridiculiser à publier quoi que ce soit !

— Et toi Jérémie, qu'en penses-tu, toi qui est toujours la voix de la sagesse ? demanda Salinger à Izard.

— Je ne sais pas si je suis l'incarnation de la sagesse, répondit le spécialiste des questions relatives à la santé, mais je suis partagé entre l'envie légitime du journaliste qui pense tenir là un « papier » extraordinaire à publier, comme il l'a souvent rêvé, et entre la peur que l'opinion du lecteur qui recevra cette histoire au milieu des autres articles, sur les chiens écrasés, la politique, les vacances, etc., ne prendra pas cela comme étant le scoop espéré par le journal … pour moi, la seule façon de publier une affaire comme celle-ci, c'est de faire une édition spéciale, qui prendra toute la place du journal, et en même temps, il faut que notre chaîne télé fasse un énorme buzz avec tout ça !

— Intéressant, dit Salinger.

— David ? ton avis ? demanda-t-il à Hamilton.

— Je suis un peu de l'avis de Jérémie, répondit l'intéressé, mais en poussant son raisonnement jusqu'au bout, de deux choses l'une,

Le soldat du temps

ou bien cette histoire n'est qu'un triste canular, et nous aurions tort de la publier, maintenant ou plus tard … ou bien elle repose sur un fond de vérité et je crois alors que cette aventure ne nous appartient plus … ce serait un évènement trop exceptionnel pour rester entre les mains d'un simple comité de rédaction, aussi prestigieux soit-il …

— Et donc ? interrompit Salinger.

— Et donc … poursuivit Hamilton, je pense que ton dilemme n'en est pas un en fait, et que la seule vraie question qui se pose à nous est la suivante … pensons-nous avoir assez d'arguments pour porter crédit aux dires de cet inconnu londonien ou non ? si c'est oui, alors il est urgent de saisir les autorités et de leur fournir tous ces éléments. Oui, je sais, cela peut fendre le cœur d'être dessaisi de cette affaire, mais c'est la seule décision qui me paraisse raisonnable …

— Très intéressant, commenta à nouveau Salinger.

— Klaus, as-tu un avis ? dit-il en se tournant vers Klaus Michelson.

Klaus Michelson se racla la gorge avant de prendre à son tour la parole :

— Je ne veux pas avoir l'air de me ranger au dernier avis exprimé, assura-t-il, mais je dois reconnaître que David a résumé ma propre pensée. Il s'agit peut-être d'une aventure qui appartient à l'histoire de l'humanité, l'histoire avec un grand « H », et je ne vois pas comment nous pourrions nous approprier le droit de la publier sans en référer auparavant aux plus hautes autorités. Je considère donc que nous n'avons pas à nous poser de question et que la seule voie possible est de prendre contact avec le bureau de la Présidence, je connais d'ailleurs l'un des conseillers influents de la Présidente …

— Bien ! coupa Salinger, et vous mademoiselle Pauwels, avez-vous un avis ?

Le soldat du temps

La jeune femme était en train de ranger la sphère magique dans son coffret et elle jeta un regard autour d'elle, prenant soin de fixer droit dans les yeux chacun des participants.

— Je crois pouvoir dire que je suis la seule ici, dit-elle, à pouvoir exprimer une intuition féminine, et mon intuition me suggère fortement de porter crédit à cette histoire. Je suis, pour ma part, persuadée que l'aventure de Tom Farrell est vraie et que nous aurons tout intérêt à retrouver quelques-uns des autres objets qui ont été saisis dans le vaisseau spatial, et notamment cette fameuse vidéo, s'ils existent toujours bien sûr ! et s'ils existent, ces objets doivent être entreposés au milieu de milliers d'autres cadeaux diplomatiques dans le service du mobilier national de Grande-Bretagne ! je suis donc favorable à ce qu'une enquête officielle prenne le relai de celle-ci, car c'est la seule façon d'accéder à la « caverne d'Ali Baba » de sa Majesté …

— Merci mademoiselle Pauwels et merci messieurs, dit Salinger en guise de conclusion, vous avez été très efficaces et à la hauteur de mes attentes. Aussi, à présent je peux prendre contact avec le grand boss pour voir quelle décision sera prise !

IV - LA PRÉSIDENTE

Joseph Parker, le directeur général du journal "THE NEW YORK TIMES", accompagné de son chef de la rédaction, Samuel Salinger, et d'Anisha Pauwels, devenue entretemps journaliste junior, entrèrent dans le fameux "Bureau ovale" de la Maison Blanche. Curieusement, ils furent plus impressionnés par la solennité qui se dégageait des lieux que par la taille de la pièce pourtant imposante. Un étrange sentiment s'empara alors des visiteurs, comme si l'endroit, de par son Histoire, commandait le respect.

Ils trouvèrent la décoration de la salle grandiose et le mobilier, riche et dense, contribuait largement à rendre la pièce chaude et conviviale. Le plancher du "Bureau ovale" était presque entièrement recouvert d'un grand tapis elliptique, de couleur blanche, portant le sceau présidentiel, choisi et renouvelé, selon la tradition, par chaque pensionnaire de la Maison Blanche.

Anna-Magdalena Ruiz, la Présidente des Etats-Unis d'Amérique en personne se trouvait assise derrière son grand bureau de bois sculpté recouvert de cuir tendu, une réplique du célèbre meuble appelé le *"Resolute desk"*, offert par la reine Victoria au président des Etats-Unis en 1880. Elle était en compagnie de cinq autres personnes déjà assises face à la présidente.

La Présidente Ruiz était une femme de petite taille, la soixantaine environ, légèrement métissée, légèrement boulotte, issue de la communauté portoricaine newyorkaise et jouissant d'une grande popularité parmi les classes les plus défavorisées du pays. Elle accueillit les entrants avec un grand sourire chaleureux et se tournant vers Olaf Davidoff, le chef du protocole de la Maison Blanche :

— Monsieur Davidoff, dit-elle, voulez-vous faire les présentations je vous prie.

Le soldat du temps

Davidoff était un homme d'une cinquantaine d'années, plutôt grand avec un léger embonpoint naissant et avec une posture un peu rigide. Il se leva et invita les nouveaux venus à prendre place autour du grand bureau après avoir décliné leurs identités, puis il fit les présentations de ceux qui étaient déjà présents, dans l'ordre dicté par la préséance :

— Voici monsieur Bruce Barrett, dit-il, ambassadeur de Grande-Bretagne aux Etats-Unis, et à sa droite, madame Ketsia Androssian, conservatrice du service national du mobilier du Royaume-Uni …

— Ensuite nous avons monsieur Cameron Alsteen, professeur de biophysique à l'Université de Boston et conseiller scientifique de madame la Présidente, enchaîna-t-il.

— Un peu plus loin, madame Cylinia Brissac, attachée de presse de la présidence et monsieur Santiago Garcia, responsable de la sécurité de la Maison Blanche. Je suis moi-même Olaf Davidoff chef du protocole de la Maison Blanche !

— Bien ! poursuivit la Présidente Ruiz, je vous ai réuni ce matin pour faire le point sur une curieuse affaire à propos de laquelle le journal "THE NEW YORK TIMES" a bien voulu attirer mon attention. Voici environ deux mois, monsieur Parker, ici présent, est venu m'entretenir d'une question étrange qui se posait à lui et à la déontologie de ses journalistes. En effet, selon les dires d'un mystérieux correspondant londonien, l'un de ses aïeux, monsieur Farrell, je crois me souvenir …

Joseph Parker lui fit un signe d'approbation de la tête lorsque la Présidente posa le regard sur lui.

— Monsieur Farrell, donc, c'est bien ça, poursuivit-elle, a laissé par écrit ses mémoires selon lesquelles, en qualité de chargé de la Sureté Nationale auprès de Vince Taylor, Premier ministre de sa Majesté de l'époque, il aurait été le témoin direct de faits exceptionnellement intrigants. Ce Tom Farrell a prétendu … corrigez-moi monsieur Parker si je me trompe … a prétendu donc que la pluie de météorites sur Terre, survenue il y a un peu plus de 150 ans, et qui avait été une terrible catastrophe faisant de multiples victimes, n'était pas due à un phénomène naturel mais avait été orchestrée par des … par des extraterrestres ! j'ai du mal à dire ce que je conçois mal … c'est bien cela monsieur Parker, n'est-ce pas ?

— Oui madame la Présidente, confirma le directeur général Parker sur un ton respectueux.

— Ce sujet de sa Majesté, Tom Farrell, continua-telle, aurait également pris d'assaut un vaisseau extraterrestre à la tête d'un commando des unités d'élites de l'armée britannique, dit-il, ce qui aurait du même coup stoppé net la pluie de cailloux … il a également mentionné la pyramide de Djoser, située sur le site archéologique de Sakkarah en Egypte, comme étant un lieu de communication de ces aliens avec leur planète d'origine … une … une porte de l'espace !

— Bien évidemment, conclut-elle, vous conviendrez avec moi qu'il est très difficile de prendre ces révélations au sérieux. C'est ce que j'ai objecté à monsieur Parker, lors de notre entrevue, et il m'a laissé comme seule garantie de la vérité, un objet curieux, qui aurait été dérobé dans le vaisseau spatial et que monsieur Tom Farrell aurait omis de remettre aux autorités, un objet sphérique, dont la fabrication reste mystérieuse, reproduisant à l'échelle ce qui semble être un système stellaire, qui n'est pas le nôtre ! …

— … j'ai donc demandé à monsieur Cameron Alsteen, de l'Université de Boston, ici présent, de faire procéder à des analyses complémentaires sur cet objet. Et, bien sûr, comme il s'agit d'une affaire impliquant largement des citoyens de sa Majesté, j'ai aussitôt alerté monsieur Bruce Barrett, ambassadeur de Grande-Bretagne, des démarches que nous avions l'intention d'entreprendre pour procéder à des vérifications. Voilà ! j'en ai personnellement terminé et je vais laisser la parole au professeur Alsteen … car il me semble utile de commencer par discuter de l'objet qui est la pièce maitresse de toute la crédibilité de cette histoire …

Le soldat du temps

Tous les regards se tournèrent vers l'universitaire. C'était un homme barbu, de grande taille, vêtu sobrement de manière décontractée, et son regard vif était la première chose que l'on remarquait chez lui.

> — Mesdames, messieurs, dit-il, comme je pense que tout le monde ici est grandement occupé, je vais aller droit au but et vous livrer le résultat de nos investigations concernant ce fameux objet …

Il profita de la bouteille placée devant lui pour se servir un verre d'eau et se désaltérer, mais également pour entretenir le suspense quelques instants de plus. Tandis qu'il posait l'objet sphérique devant lui, tout le monde était suspendu à ses lèvres attendant son verdict :

> — Eh bien, reprit-il, comme madame la Présidente l'a dit, cet objet représente sans nul doute un système stellaire à une échelle qui n'est cependant pas rationnelle puisque les distances entre ses composants ne peuvent être aussi courtes eu égard à la taille des six sphères gravitant autour du point le plus brillant qui est censé être leur étoile. Selon nos calculs, pour que ces objets soient à la bonne échelle il faudrait que les petites sphères symbolisant les planètes aient une orbite de plusieurs dizaines de mètres …

> — Néanmoins, poursuivit-il, si l'on fait abstraction de cela, pour le reste, cet objet ressemble tout à fait à un système mono-stellaire, et l'une de ses planètes émet des reflets bleutés qui rappellent singulièrement notre Terre … et pourtant cela ne correspond en aucune façon à notre système solaire qui a huit planètes alors que celui-ci n'en dispose que de six …

Il but une large gorgée d'eau sous le regard attentif des membres de l'assemblée, puis poursuivit son exposé :

> — La deuxième caractéristique de cet objet, dit-il, c'est qu'il a été fabriqué avec un alliage que nous ne connaissons pas. Certes, les analyses spectrales nous indiquent quels sont les matériaux de base qui composent cet alliage, mais nous n'en connaissons pas d'équivalent dans nos technologies les plus récentes. Il ne nous a pas été possible de l'ouvrir et il nous paraît que l'objet a été

Le soldat du temps

façonné sous vide … mais sous vide absolu … chose que nous ne savons pas faire …

— Et la troisième caractéristique de l'objet, enchaîna-t-il, c'est qu'il semble être animé d'un mouvement perpétuel et nous ignorons d'où il tire son énergie. Il semblerait que la lumière soit une source d'énergie possible, mais il fonctionne même après être resté longtemps dans l'obscurité. Nous savons faire fonctionner des objets avec la lumière comme énergie, bien sûr, mais pas la stocker avec un tel rendement …

— Donc, nos conclusions sont claires et sans appel, cet objet n'a pas été manufacturé sur Terre …

Le silence s'installa dans la salle pendant un court instant, avant que l'ambassadeur ne pose la question qui taraudait tout le monde :

— Mais professeur, dit-il, sait-on au moins à quoi cela peut-il bien servir ?

— Eh bien, monsieur l'ambassadeur, répondit le professeur Alsteen, c'est une chose dont nous avons beaucoup débattu, mes collègues et moi … et nous sommes tombés d'accord sur une interprétation possible …

— Laquelle ? questionna l'ambassadeur.

— Nous pensons que cet objet est animé d'un mouvement pendulaire et qu'il pourrait s'agir d'une horloge astronomique ! déclara le professeur.

— Une horloge ? répéta l'ambassadeur, vous voulez dire qu'il s'agit là d'une simple montre ?

— Oui, en effet, répondit doctement le professeur, mais une simple montre qui paraît indispensable. Imaginez …

— … imaginez que vous soyez dans l'espace intersidéral, loin de votre système planétaire, dans un lieu où la notion de temps est totalement relative, car nous savons depuis Einstein que le temps est distordu lors des voyages spatiaux. Il vous faut pourtant sans doute communiquer avec votre base et vous ne

Le soldat du temps

pouvez alors ignorer l'heure locale ! quand je dis l'heure, je veux dire en fait quel temps s'est écoulé entre le repaire temporel de la base et le vôtre ... mes confrères et moi-même sommes tombés d'accord sur le fait qu'il pourrait s'agir d'une horloge qui sait mesurer les écarts temporels du vaisseau spatial avec la planète originaire de ces aliens, si cette théorie est exacte bien sûr !

— Mais alors, on devrait pouvoir lire une indication de ce temps donné par l'objet, n'est-ce pas professeur ? fit observer l'ambassadeur.

— Excellente remarque ! reconnut le scientifique. Ce qui est certain, c'est qu'il n'y a aucun affichage sur l'objet lui-même ... nous avons tout de même réussi à capter une très faible émission permanente d'une fréquence infra-rouge sortant de l'objet, sans doute pour indiquer le résultat de ses mesures, mais nous n'avons pas pu déchiffrer le signal ...

— Fabuleux ! s'exclama la Présidente Ruiz, visiblement fascinée par le récit du professeur. Avez-vous professeur, d'autres informations à nous communiquer à propos de cet objet ?

— Non, madame la Présidente, répondit celui-ci, je pense avoir dit l'essentiel de nos observations.

— Bien ! enchaîna-t-elle, monsieur l'ambassadeur, avez-vous des éléments à ajouter ?

— Oui, madame la Présidente, répliqua Barrett.

Tous les participants de la réunion avaient désormais les yeux fixés sur l'ambassadeur.

— En fait, dit-il, j'ai emmené avec moi madame Ketsia Androssian, conservatrice du service national du mobilier du Royaume-Uni, car c'est elle qui a des éléments à vous montrer. Voyez-vous, lorsque vous nous avez alertés sur cette affaire, nous avons fait deux choses qui dépendaient de notre initiative. La première a consisté à consulter les archives du service national du mobilier pour rechercher tous les objets remis par Tom Farrell, et plus

Le soldat du temps

particulièrement ceux qui datent de la période où monsieur Vince Taylor exerçait les fonctions de Premier ministre. Et la seconde, a été celle d'enquêter sur l'individu que mademoiselle Pauwels a rencontré dans la banlieue londonienne …

— Quoi ? interrompit miss Pauwels l'air horrifiée, vous avez découvert qui était cet homme ?

— Oui, mademoiselle, répondit Barrett, cela a été un jeu d'enfant pour nos services de police … puisqu'avec la date de votre venue à Londres, nous avons pu remonter à l'adresse que vous aviez indiqué au taxi-drone qui vous a conduit là-bas … mais rassurez-vous, cet homme n'a rien à se reprocher, tout au plus de nous mettre en haleine peut-être pour peu de chose … nous verrons bien …

— De qui s'agit-il ? demanda la jeune stagiaire.

L'ambassadeur se tourna vers la Présidente comme pour demander un accord pour donner sa réponse. La Présidente Ruiz acquiesça de la tête en déclarant :

— Bien entendu, déclara fort à propos Cylinia Brissac, l'attachée de presse de la Présidente, cela n'a pas été précisé, mais tout ce que nous disons ici ne doit, en aucun cas, sortir de cette pièce …

— Il s'agit d'un homme de bonne famille anglaise, enchaîna Barrett, qui se nomme Brett Wilson. Nous n'avons pas pu remonter très loin dans sa généalogie, mais il n'est pas impossible que ce qu'il dit soit vrai, à savoir qu'il pourrait bien être l'un des descendants de ce Tom Farrell, rien ne le confirme, mais rien ne s'y oppose non plus … bien entendu, nous avons fait cela discrètement et nous nous sommes jusqu'ici dispensé de le contacter. Je vais, à présent laisser madame Androssian vous exposer le résultat de ses recherches …

C'est vers Ketsia Androssian qu'à présent les regards se tournaient. Celle-ci était une femme d'âge mur mais indéfinissable, comme si elle avait été conservatrice depuis toujours, mais ceux qui la connaissaient savaient qu'elle avait le mérite de la ténacité et une détermination toute britannique. Calmement, avec des gestes précis, elle posa une valise sur ses genoux, et un à un, elle déposa sur la table les objets qu'elle contenait.

— Voici les objets que monsieur Farrell a déposé au service national du mobilier du Royaume-Uni, dit-elle. Je parle évidemment de ceux qui ont un rapport avec l'affaire qui nous occupe et que nous avons pu retrouver, car certains d'entre eux ne font plus partie de notre mobilier.

Elle posa devant elle trois objets étranges sculptés qui étaient strictement identiques, des petites coupoles d'un métal jaune massif et lumineux comme du cuivre.

— Voici trois … choses … commenta-t-elle, dont nous ignorons totalement l'usage. Nous ne les avons pas analysé, mais si cela avait été le cas, je suis certaine, professeur Alsteen, que nous aurions trouvé qu'elles n'avaient pas été fabriquées sur Terre … leur provenance serait, d'après leur fiche administrative, la pyramide de Djoser, en Egypte …

Elle fit apparaître ensuite une petite sacoche qu'elle ouvrit et en sortit le contenu. C'était des feuillets sur lesquels on pouvait voir des signes, comme une écriture, qui avaient une vague ressemblance avec les pictogrammes mayas.

— Voilà ce qui semble être un roman en langage incompréhensible, poursuivit-elle, qui a du passionner des générations d'aliens … nous ne sommes pas en mesure, bien entendu de décrypter ces documents. Leur fiche indique qu'ils proviennent d'un « bâtiment ennemi », sans autre précision …

Elle sortit enfin un petit objet que tout le monde reconnut autour de la table et qu'elle mit bien évidence devant elle avec un petit sourire de satisfaction.

— Et voici le meilleur pour la fin, affirma-t-elle. Comme vous l'avez sans doute deviné, il s'agit d'un support d'informations, un de ces supports que nous avons tous utilisé et qui a bien été réalisé sur Terre !

Le soldat du temps

— Et que contient ce support ? demanda la Présidente Ruiz l'œil intéressé.

— Eh bien madame la Présidente, répondit-elle, ce support contient une vidéo d'une durée de 2 minutes et 27 secondes exactement … vous allez pouvoir regarder son contenu, malgré l'enregistrement qui est vieux de plus de 150 années et qui a un peu souffert ! alors, mesdames, messieurs, attention ! âmes sensibles s'abstenir … j'espère que vous êtes solidement assis et surtout que vous avez le cœur bien accroché …

A cet instant la vidéo fut projetée sur un écran holographique qui restituait les images de qualité médiocre mais en trois dimensions. Les images commençaient par montrer une navette d'assaut terrienne à l'approche d'une énorme structure qui était à l'évidence un vaisseau spatial extraterrestre. Un zoom permettait de voir l'espace d'un instant les détails de l'astronef et surtout la différence de taille entre les deux navires de l'espace.

Puis, la vidéo filmait l'intérieur du vaisseau et les nombreux appareils dont disposaient les aliens dans un lieu qui semblait être le poste de pilotage. Il était bien évidemment impossible d'identifier ces instruments ainsi que leur usage. La caméra s'attardait sur des documents abandonnés sur une table qui dévoilaient des inscriptions totalement inconnues, sans doute des instructions de pilotage, ressemblant aux pictogrammes des feuillets sortis de la sacoche quelques instants plus tôt. La poursuite du visionnage des images leur permit de visiter les soutes du bâtiment et de découvrir la cargaison incroyable entreposée dans le navire. Des produits en provenance de mondes inconnus, des plantes exotiques, des fleurs de toutes tailles, de toutes couleurs, qu'ils ne connaissaient pas, et même des arbres gigantesques, tout cela était entreposé dans de grandes salles qui semblaient avoir été adaptées et aménagées en fonction de leur contenu.

Ils purent également apercevoir furtivement une salle qui renfermait des corps d'humains dans des sacs transparents. Le spectacle les cloua sur place. Des milliers de cadavres humains étaient conservés dans un énorme frigo, pendus par les pieds et emballés dans des sacs. Des hommes, des femmes et même des enfants, de tous âges, de toutes races et de toutes origines. La vidéo se terminait là-dessus et il y eut un moment de silence dans la salle, comme un long recueillement.

— Madame Androssian nous avait prévenus, déclara la Présidente Ruiz dans un souffle, mais je crois qu'elle était en dessous de la réalité !

— Mais je me pose à l'instant une question, poursuivit-elle comme si elle reprenait soudain conscience, est-ce que cette vidéo est réelle ou bien …

— Vous avez raison, madame la présidente, interrompit la conservatrice, nous avons eu la même réaction que vous et nous avons fait procéder à une expertise … la réponse qui nous a été fournie est que cette vidéo est bien un original, dont l'âge correspond à peu près à 150 ans, mais qu'il est évidemment impossible de savoir si ces images sont vraies ou bien de synthèse …

— Compte-tenu de l'accumulation des preuves, remarqua l'ambassadeur, il est plus facile de penser que ce document relate la vérité plutôt que le contraire, non ?

— Assurément, surenchérit le professeur Alsteen, tout cela mis bout à bout plaide en faveur de la crédibilité de ce récit !

— Revenons un instant sur les autres objets, voulez-vous ? demanda la Présidente Ruiz. De quoi s'agit-il ?

— Les trois objets massifs sculptés sont un mystère pour nos experts, répondit la conservatrice Androssian. Quant aux écrits dans un langage ésotérique, ils sont à première vue totalement indéchiffrables ! tous ces objets ont été remis à nos services le même jour par Tom Farrell, sans autre précision que leur provenance, et sans indiquer qui les avait offerts au Premier Ministre Taylor …

— A l'évidence, enchaîna l'ambassadeur Barrett, la vidéo a été prise par l'un des assaillants du vaisseau spatial, peut-être monsieur Farrell lui-même. Les documents ont été saisis dans

Le soldat du temps

l'astronef alien, sans doute des instructions liés à la navigation de l'astronef. Quant aux objets en métal massif sculpté, ils proviennent de la pyramide de Djoser … n'est-ce pas là que la « porte de l'espace » est censée se trouver ?

— Oui, confirma la Présidente Ruiz, nous avons demandé discrètement des précisions auprès du gouvernement égyptien, sur les circonstances qui ont amené les autorités à fermer l'accès à ce monument touristique de haute qualité, et il nous a été répondu que les raisons de cette interdiction au public étaient dues à l'insécurité des lieux. Qu'en pensez-vous ?

— Nous avons vainement cherché dans nos archives diplomatiques, observa l'ambassadeur Barrett, et nous n'avons trouvé aucune trace de contacts relatifs à ce sujet de la part des services officiels britanniques avec l'Egypte de cette époque …

— Bien sûr, objecta la Présidente Ruiz, ce genre de contact est en général mené dans le plus grand secret … mais en supposant que la fermeture de cette pyramide au grand public soit en relation avec notre affaire, quel lien pourrait-il bien y avoir avec ces trois objets devant nous ?

Un silence parcourut l'assemblée pendant que les membres présents ressassaient cette question. Puis, la conservatrice Androssian reprit la parole l'air visiblement contrariée :

— Maintenant que vous posez cette question, dit-elle d'une voix chancelante, l'officier du renseignement Tom Farrell a déposé également trois autres objets, que je n'ai pas cru bon de sélectionner, mais je trouve bizarre la coïncidence … le chiffre trois …

— De quels objets s'agit-il ? questionna l'ambassadeur Barrett.

— Il s'agit de simples clés magnétiques, répondit-elle, au nombre de trois également, provenant de la même pyramide, et destinées à ouvrir la porte d'entrée du monument. J'ai pensé que cela était sans rapport avec notre affaire et je ne les ai pas apportées. Et si ces trois objets mystérieux étaient également des clés, une clé pour ouvrir la porte d'entrée et une clé pour ouvrir celle de la « porte de l'espace » …

— Excellente déduction ! s'exclama la Présidente Ruiz. Qu'en pensez-vous professeur Alsteen ?

— Eh bien, madame la Présidente, répondit le professeur, cela ne me semble pas irréaliste. Après tout, madame la conservatrice a raison, pourquoi ne pas imaginer que ces clés appartenaient aux mêmes personnes qui disposaient de ces mystérieux objets ? de là à penser que ces objets ont été pris sur des aliens en fuite qui escomptaient fuir par la « porte de l'espace » de la pyramide, il n'y a qu'un pas … que, pour ma part, je franchis allègrement …

— Je peux témoigner ici, intervint alors miss Pauwels, que mon mystérieux correspondant londonien a confirmé que plusieurs Aliens ont été interceptés et abattus dans la pyramide, et que certains objets auraient été saisis … peut-être s'agit-il de ceux-là ?

— La conclusion semble en effet s'imposer, renchérit l'ambassadeur Barrett, j'y souscris moi aussi ! il faudrait pouvoir avoir accès à l'intérieur de la pyramide et effectuer des recherches dans ce sens …

— D'autant plus que nous disposons aujourd'hui de méthodes d'investigation efficaces pour sonder le tombeau du pharaon, compléta le professeur Alsteen. Mais cela suppose la coopération des autorités égyptiennes …

— Je peux m'occuper de cela ! interrompit la Présidente Ruiz avec un sourire, c'est largement dans mes cordes et c'est aussi l'occasion de m'associer à cette aventure, et de contribuer à résoudre cette captivante énigme ! Y a-t-il autre chose que quelqu'un souhaite dire avant de clore cette réunion ?

— Madame la Présidente … intervint miss Pauwels, j'ai aussi une information qui pourrait intéresser les personnes ici présentes …

— Nous vous écoutons, mademoiselle Pauwels, autorisa la Présidente Ruiz.

Le soldat du temps

— Eh bien, voilà … dit la stagiaire. J'ai découvert, un peu par hasard, l'existence d'un certain Maxence Berger, un français, qui a reçu un prix Nobel de physique pour avoir mis en évidence, avec une équipe de scientifiques du CERN, une particule élémentaire très importante, le graviton, grâce à un faisceau d'antimatière venu du cosmos, redécouvert très récemment par les chercheurs de l'Université d'Indiana. Ces derniers ont découvert par la même occasion un ensemble de satellites géostationnaires en orbite autour de Mars et datant de cette époque, connu sous le nom de VLHC, "Very Large Hadron Collider". C'est ce dispositif qui a permis de dévier ce faisceau de particules pour un usage scientifique et c'est, notamment, ce qui a été fait pour les expériences du graviton …

— Cet homme a également été salué pour son action dans un discours du Premier ministre, Vince Taylor, lors de la pluie de météorite qui a frappé la Terre il y a 150 ans. Il a été, en effet, grâce à sa connaissance du dispositif VLHC, l'un des artisans majeurs d'une opération qui a consisté à détruire certains de ces météorites avant qu'ils ne s'écrasent sur terre …

— Oui et qu'y a-t-il d'étrange en cela, mademoiselle ? questionna le professeur Alsteen.

— Rien en effet, répliqua la jeune femme, mais j'ai pu obtenir un certificat de naissance de monsieur Berger, et il se trouve que ce monsieur aurait eu cent-quinze ans lorsqu'il a participé à l'opération météorites … voyez-vous une explication à cela ?

— J'en vois bien une … marmonna le professeur Alsteen, c'est qu'il ne s'agit pas de la même personne !

— Croyez-vous ? railla miss Pauwels visiblement contrariée, c'est pour sa compétence acquise lors de ses expériences sur le graviton qu'il a été choisi pour mettre en œuvre le canon d'antimatière contre les cailloux ! cela ne peut être que la même personne !

— Bien, admettons, reconnut le professeur Alsteen, mais qu'est-ce que cette histoire a à voir avec l'affaire qui nous occupe ?

Le soldat du temps

Il y eut curieusement un court silence gêné alors que tout le monde s'attendait à une réplique cinglante de la journaliste. Celle-ci avait baissé les yeux, comme pour signifier qu'elle ne souhaitait pas répondre à la question du professeur. Samuel Salinger, son chef de rédaction, prit alors la parole :

— Ce que vais vous dire rajoute encore de l'extravagance à une histoire qui est déjà assez incroyable, dit-il, et je comprends pourquoi mademoiselle Pauwels hésite à en parler …

— Le fameux Brett Wilson, enchaîna-t-il, que mademoiselle Pauwels a rencontré à Londres, lui a également affirmé que, selon Tom Farrell, lors de l'assaut du vaisseau spatial, les troupes étaient sous les ordres d'un certain Ely Fox, un "commandeur" humain qui prétendait venir du futur !

— Non ! s'exclama bruyamment le professeur, ceci est totalement impossible ! les voyages dans le temps sont interdits par l'une des lois les plus fondamentales de la physique ! c'est le postulat de causalité, qui veut que l'effet ait obligatoirement lieu après la cause, et la violation de ce postulat est non envisageable pour la quasi-totalité de la communauté scientifique !

— Bien, monsieur le professeur, admit le chef de rédaction, mais alors, comment expliquer l'âge de monsieur Berger au moment de son implication dans l'affaire des cailloux venus du ciel ?

— Je vous l'ai dit déjà, répliqua Alsteen, cela n'est pas le même individu !

— Bon, je vois que nous n'allons pas vous mettre d'accord, intervint la Présidente Ruiz, alors je vous propose d'en rester là pour aujourd'hui. De toutes les façons, nous avons eu notre lot de surprises !

— Puis-je demander une dernière chose, madame la Présidente ? interrompit Anisha Pauwels.

— Certainement, dit la Présidente.

Le soldat du temps

— Puis-je reprendre l'objet sphérique, celui qui semble être une horloge ? demanda-t-elle.

— Certainement pas ! intervint prestement Santiago Garcia, le responsable de la sécurité, cet objet appartient désormais à la communauté scientifique …

— Et si quelqu'un devait faire valoir un droit sur cet objet, déclara fermement la conservatrice Androssian, c'est le service national du mobilier britannique ! monsieur Farrell avait soustrait cet objet qui devrait revenir chez nous !

— Pourquoi voulez-vous cet objet, mademoiselle ? questionna la Présidente Ruiz.

— Tout simplement parce que j'ai promis … répondit-elle, j'ai promis à monsieur Brett Wilson que nous publierions toute l'histoire de Tom Farrell dans le journal "NEW YORK TIMES", sinon je devais lui restituer l'objet qui est, pour lui, le seul élément qui rend crédible toute l'épopée de son aïeul.

— Je peux comprendre l'importance d'une telle promesse, déclara la Présidente Ruiz après une courte réflexion, j'en fais moi-même à mes électeurs et j'essaie de faire en sorte de les tenir ! alors je peux admettre que celle-ci vous tienne à cœur ! néanmoins, vous concevrez que cette affaire nous dépasse tous ici et qu'il s'agit d'un moment sans précédent dans l'Histoire de l'humanité ! aussi je vous relève de votre promesse et si vous deviez ne pas pouvoir la tenir, je vous promets, à mon tour que j'irai, moi-même, en expliquer la raison auprès de monsieur Brett Wilson !

Le soldat du temps

V - La pyramide

Peu de temps après que la navette de New-York se soit posée sur l'aéroport international du Caire, Andréas Becker, capitaine des Marines et homme de confiance de la Présidente Anna-Magdalena Ruiz, fut pris en charge par le colonel Hussein Ibn Al-Nashwiri, chef de la sécurité de l'Etat égyptien. Andréas Becker était un homme de trente-sept ans, grand et élégant dans sa tenue militaire de gala. C'était un officier très apprécié de ses supérieurs hiérarchiques, en raison de ses états de service qui démontraient avec éloquence ses qualités de courage et de patriotisme sur les différents théâtres d'opération où il avait été affecté, en Afrique comme en Asie. Il occupait à présent la fonction de conseiller spécial auprès de la Présidente des Etats-Unis d'Amérique.

Le colonel Hussein Ibn Al-Nashwiri était, lui au contraire, un homme de petite taille, discret et effacé, vêtu d'une djellaba traditionnelle et d'une chéchia blanche, avec un visage mince caché derrière une barbe noire et de grosses lunettes de soleil.

Les deux hommes sortirent rapidement de l'aérogare sans aucune formalité de douane ni de formalités d'immigration et s'engouffrèrent dans un drone militaire qui les conduisit quelques minutes plus tard sur le site archéologique de Sakkarah, tout près du Caire.

Ils avaient survolé cette zone verte, au sud du Caire, arrosée par le Nil, puis, avaient atteint le début du désert où se trouve le complexe funéraire de Djoser et sa fameuse « pyramide à degrés ». Le capitaine Becker était impressionné par le dispositif de sécurité qui avait été mis en place à l'approche de la pyramide. En connaisseur des questions militaires, il avait remarqué la manière efficace dont l'ensemble du secteur avait été quadrillé, les parkings, initialement destinés au tourisme, occupés par les drones de transport de troupes et les abords

Le soldat du temps

immédiats de la pyramide sécurisés par deux rangées de robots militaires. Les deux hommes se dirigèrent vers une petite bâtisse en préfabriqués après avoir marché quelques centaines de mètres dans le vent de sable et la fournaise étouffante du désert. Ils apprécièrent entrer dans la construction préfabriquée qui, même si elle était construite en matériaux peu isolants, leur parut un havre de fraicheur en regard des conditions météorologiques de l'extérieur. Le colonel put obtenir du thé glacé auprès des militaires qui gardaient les lieux et ils s'installèrent autour d'un bureau métallique qui occupait le centre de la pièce.

— Capitaine Becker, dit Ibn Al-Nashwiri, il s'agit d'un exercice, n'est-ce pas ?

— D'un exercice ? répéta le capitaine, non, je ne crois pas … en tout cas, s'il en est ainsi, on ne m'a pas prévenu …

— Vous voulez dire qu'il va vraiment sortir des Aliens de ce trou à rats ? demanda le colonel avec stupéfaction.

— Non, je ne crois pas, répondit Becker, à moins d'une coïncidence improbable … nous recherchons une porte … si elle existe, par laquelle, sans doute, il est possible que certains Aliens soient passés, mais cela fait 150 ans qu'elle est fermée …

— Oui, on m'a aussi parlé de cette porte, observa le colonel, une « porte sur l'espace », c'est cela n'est-ce pas ?

— Oui, dit le capitaine, je suis venu parce que votre ambassadeur nous a alerté d'une découverte que les archéologues ont faite, celle d'une cavité inexplorée jusqu'ici dans la structure même du complexe de la pyramide, est-ce exact ?

— En effet, admit l'égyptien, ce sont les nouveaux gravimètres à radiation gamma qui ont identifié une poche de gravité insolite, un « point de singularité gravitationnel » comme ils disent … et cette bizarrerie correspond à une cavité qui n'avait pas été mise en évidence jusqu'aujourd'hui … vous pensez que c'est la porte que vous recherchez ?

— Je ne sais pas, nous verrons bien … dit alors Becker.

Le soldat du temps

— Une « porte sur l'espace » ! pfft ! ça me paraît complètement ridicule de croire à un truc pareil ! mais allons sur place, si vous le voulez bien … dit l'égyptien en se levant.

Ils sortirent à nouveau dans la chaleur du désert avant de s'engager à l'intérieur de la pyramide par une porte surveillée par une quantité impressionnante de robots militaires. Ces robots ne ressemblaient en rien à leurs homologues domestiques. Autant ces derniers avaient de grandes ressemblances avec les humains, autant les robots militaires n'avaient que peu de similitudes avec leurs concepteurs, la robustesse et l'efficacité des armes primant sur l'esthétique.

Ils avaient traversé une multitude de salles, communicant les unes avec les autres, et à chaque point d'entrée des soldats en arme avaient contrôlé leur passage. Ensuite ils empruntèrent un couloir, étroit et sombre, dont ils apprécièrent la fraicheur, qui s'enfonçait dans les profondeurs, sous la pyramide. Ils parvinrent dans une immense salle souterraine pleine de soldats en arme et ils furent conduits dans un coin où se trouvait un civil affairé à manipuler un engin étrange. C'était un homme vêtu à l'occidentale, plutôt grand et sec, chauve, d'allure peu commode, avec une barbichette soigneusement taillée au milieu d'un visage ingrat et il était difficile de lui donner un âge.

— Voici monsieur le professeur Gaisma Al Jazari, archéologue de l'université du Caire, dit le colonel. C'est lui qui dirige les opérations de repérage.

— Bienvenu capitaine Becker, dit l'archéologue en lui serrant la main, on m'avait prévenu de votre arrivée imminente. Nous sommes ici tout près d'une salle étrange dont nous ignorions l'existence il y a encore quelques semaines …

— C'est grâce à cette machine, enchaîna-t-il en montrant un appareil posé sur une table, un gravimètre à radiation gamma … et aussi grâce à vous … enfin, je veux dire … grâce aux informations que vous nous avez communiquées à propos de l'existence d'une … « porte de l'espace » … je dois dire que j'ai du mal à énoncer ce que mon esprit ne conçoit pas bien …

Le soldat du temps

— Je comprends tout à fait professeur, consentit Becker, j'ai moi-même aussi beaucoup de mal à imaginer ce que nous faisons là !

— Ce gravimètre nous a mis sur la piste d'une région du complexe funéraire qui présente un point singulier, une discontinuité de champ gravitationnel, expliqua le professeur. Puis les dernières images des capteurs d'imagerie spectrale nous ont confirmé la présence d'une salle dont nous ignorions l'existence …

— Où est située cette salle ? demanda le capitaine Becker.

— Là, tout près … répondit l'archéologue en montrant d'un geste le mur robuste et lisse taillé à même la roche. Ici nous sommes à côté de la pyramide, dans le complexe qui jouxte les lieux de culte et qui est très étendu. La pyramide à degrés de Djoser est le plus grand édifice en pierres appareillées jamais construit par des hommes. La pyramide est placée au centre d'un grand rectangle de 550 mètres de longueur par près de 300 mètres de largeur, entouré d'un mur d'enceinte, haut d'une dizaine de mètres, une vraie forteresse … Le mur est comme une façade de palais avec 14 fausses-portes et un unique passage d'entrée situé au sud … c'est par là que vous êtes arrivés …

— La tombe du roi Djoser a été à l'origine, voilà plus de 5.000 ans, conçue comme un mastaba, une sorte de tombe aux murs en blocs de pierre de forme rectangulaire, poursuivit l'archéologue. Ce mastaba a été agrandi à trois reprises sur le modèle des poupées russes. La construction a été par la suite surélevée pour devenir le mastaba à six degrés que l'on connaît, une "pyramide à degrés", avec une base rectangulaire de 110 mètres par 120 mètres et d'une soixantaine de mètres de hauteur …

— On y va ? interrompit alors le colonel Ibn Al-Nashwiri avec une voix pleine d'impatience, comme s'il trouvait superflue les précisions historiques du professeur.

— Nous n'allons pas tarder colonel, répliqua le professeur sans se démonter, mais nous ne pouvons entrer que grâce à une clé que détient monsieur Becker, avez-vous la clé capitaine ?

Le soldat du temps

— Assurément ! confirma Becker en extrayant de son sac un objet brillant. La voici ! mais je ne sais pas comment l'utiliser …

— Je suis déjà venu jusqu'ici hier, dit le professeur, pour inspecter les lieux avec deux collègues spécialistes des questions de physique nucléaire. Tout semblait correct ! le taux de radiation était conforme aux valeurs normales … et heureusement, j'ai pu remarquer une chose qui me semble correspondre à la serrure … mais nous n'avons pas pu aller plus loin …

Il prit l'objet brillant que lui tendait le capitaine, une petite coupole d'un métal jaune massif et lumineux, qu'il enficha dans une encoche encastrée dans le mur et qui épousait exactement sa forme. A cet instant, une partie du mur de roche pivota pour laisser libre une ouverture permettant de pénétrer dans la salle mystérieuse …

— Un instant ! auparavant, je dois vous avertir d'une chose … chuchota le professeur Al Jazari, nous allons pénétrer dans un endroit où peu d'humains sont entrés et où il n'est pas exclus que nous rencontrions des dangers … comment dire …

— inattendus ? termina Becker.

— Oui, voilà, inattendus ! confirma le professeur.

— Bon, allons'y maintenant ! dit simplement le colonel en faisant signe à cinq militaires armés jusqu'aux dents de les suivre.

VI - L'opération « Djoser-one »

Lorsqu'Anisha Pauwels, la jeune journaliste du média "THE NEW YORK TIMES", entra dans le bureau ovale, accompagnée d'un huissier, elle ressentit une émotion encore plus forte que lors de sa dernière venue trois semaines plus tôt. Elle était en effet très impressionnée de rencontrer la Présidente Ruiz et d'être face à elle, seule cette fois.

Anna-Magdalena Ruiz, voyant le désarroi de la jeune femme, se leva et s'avança vers elle pour lui serrer la main avec un grand sourire.

— Mademoiselle Pauwels, soyez la bienvenue et prenez place, dit-elle en lui montrant un siège face à elle.

Un robot vint leur servir du thé glacé, dans un verre orné de zestes de citron.

— Ne soyez pas intimidée, reprit la Présidente pour réconforter la journaliste.

Elles prirent le temps de boire un peu de liquide froid avant que la Présidente Ruiz ne décide de rompre le silence :

— Si je vous ai demandé de venir dans ces conditions un peu mystérieuses et précipitées, dit-elle, c'est pour parler de l'affaire que vous connaissez déjà, étant donné que vous en êtes à l'origine. Depuis notre dernière rencontre, les choses ont beaucoup progressé, puisque les autorités égyptiennes ont décidé de collaborer et, grâce à leurs investigations dans le complexe funéraire de Sakkarah, une salle dont on ignorait l'existence, sous la pyramide de Djoser, semble renfermer une « porte de l'espace » ...

— Une ... balbutia la journaliste.

Le soldat du temps

— Oui, interrompit la Présidente, vous avez bien entendu, une « porte de l'espace ». vous vous souvenez de ces trois objets métalliques et massifs que la conservatrice londonienne nous a montrés ?

— Oui, je me souviens, répondit la jeune femme. elle a émis l'hypothèse qu'il s'agissait de clés …

— C'est bien cela, enchaîna la Présidente Ruiz. Eh bien, il s'agissait bien de clés, elles ont servi à accéder à une autre salle qui contient la fameuse porte …

— Mais madame, quelle est la suite de cette incroyable histoire ? demanda miss Pauwels. Quelqu'un a-t-il emprunté la … la porte ?

— Non, pas encore, et c'est pourquoi vous êtes ici, répondit la Présidente Ruiz.

— Veuillez me pardonner, dit la jeune femme, mais je ne comprends pas …

— C'est normal, admit la Présidente, je ne vous ai encore rien expliqué …

Anisha Pauwels attendit en silence que la Présidente Ruiz ingurgite une gorgée du breuvage glacé avant de poursuivre.

— Nous avons décidé … quand je dis « nous » … il s'agit en fait d'un petit nombre de pays alliés, reprit la Présidente, nous avons décidé donc, sans ébruiter cette affaire bien sûr, de constituer l'opération « Djoser-one », c'est-à-dire d'envoyer une petite expédition derrière cette porte et il est prévu d'y adjoindre un journaliste. J'avais envisagé que mon attachée de presse, madame Brissac, que vous avez déjà rencontrée, puisse être la personne adéquate, mais elle m'a signifié très récemment qu'elle n'était plus disponible. Elle est enceinte ! alors j'ai pensé à vous …

— A moi ? questionna miss Pauwels totalement incrédule. Mais pourquoi moi ? il y a mon chef de la rédaction, monsieur

Le soldat du temps

Salinger, qui est beaucoup plus indiqué et plus expérimenté que moi pour …

— C'est précisément monsieur Salinger qui m'a suggéré de vous faire cette proposition, interrompit la Présidente, et par la même occasion, il m'a appris que vous aviez obtenu tous vos diplômes avec brio …

— … mais bien sûr, nous essayons dans la mesure du possible d'enrôler des volontaires, poursuivit aussitôt la Présidente d'une voix détachée, alors vous êtes libre de refuser …

— Refuser ? répéta la jeune femme, mais il n'en est pas question ! je ne faisais que suggérer une personne qui serait plus apte que moi, voilà tout ! mais si vous estimez que je puisse faire partie de cette … expédition … « Djoser machin chose » … il n'y a aucun souci, je suis partante !

— Je n'en attendais pas moins de vous, déclara la Présidente Ruiz. Voyez-vous, nous essayons de trouver des volontaires utiles et déterminés certes, mais également des jeunes gens dynamiques de préférence et qui n'ont trop d'attaches dans ce bas monde, car il s'agit, vous vous en doutez bien, d'une aventure dangereuse.

La Présidente prit le temps de terminer son verre de thé en regardant la jeune femme et en guettant ses réactions. Mais celle-ci soutenait son regard et se tenait droite, dans une attitude volontaire, les mains posées sur les genoux.

— Je ne connais pas beaucoup de journalistes, reprit Anna-Magdalena Ruiz, alors j'ai accepté le conseil de monsieur Salinger pour remplacer madame Brissac, car, non seulement vous connaissez déjà très bien le contexte de cette affaire, mais également je vous ai vue plutôt déterminée et efficace … après tout, si un organe de presse a une quelconque légitimité à participer à cette aventure, c'est bien votre journal … et puisque votre journal vous désigne comme la personne la plus qualifiée pour cela …

— alors je vous pose officiellement la question … mademoiselle Pauwels, si vous n'êtes pas enceinte, serez-vous d'accord pour participer à cette mission, que nous nommons « Djoser-one », pour aller dans un lieu peut-être sans retour ?

— Oui madame, s'écria la journaliste, ma réponse est oui ! enfin … je veux dire non, je ne suis pas enceinte, mais oui pour faire partie de cette aventure …

— N'y a-t-il pas quelques êtres chers que vous allez regretter ? demanda la Présidente Ruiz. Réfléchissez bien avant de signer …

— Il y a mes parents, bien sûr répliqua miss Pauwels d'une voix ferme, mais ils sont divorcés et très occupés à refonder respectivement leurs familles recomposées. Il y a aussi mon frère ainé, mais il est marié, avec deux enfants et il habite l'autre côté des Etats-Unis. Nous nous voyons rarement et n'avons jamais été très proches l'un de l'autre … alors non, je ne vais regretter personne et personne ne va me regretter …

— Bien, alors mademoiselle Pauwels, dit solennellement la Présidente Ruiz, considérez que vous êtes officiellement enrôlée dans cette galère !

— Certainement, madame la Présidente, accepta la jeune femme avec un grand sourire, j'en suis très honorée.

Le soldat du temps

Kevin Bauwens était un homme proche de la cinquantaine, mais son allure dynamique et sa stature musculeuse rappelait qu'il avait dû être, plus jeune, un véritable athlète. Tenue sportive, cheveux très courts, regard bleu acier, visage carré et menton volontaire, son apparence physique trahissait son ancienne appartenance au corps des armées. Pour l'heure, Bauwens exerçait la fonction d'instructeur dans le Centre Technique d'Entrainement de la NASA, la "National Aeronautics and Space Administration".

En vingt années de carrière il avait eu à préparer plusieurs générations d'astronautes, mais jamais on ne lui avait demandé de relever le défi que l'on venait de lui confier, la formation mentale et physique d'une « bande de boyscouts », c'est ainsi qu'il les nommait, qui allaient franchir une porte dont il n'avait pas très bien saisi la destination. On lui avait également affirmé que cette mission était ultrasecrète et d'une priorité absolue, et tout cela dans une durée ridiculement courte, six semaines seulement !

Hormis les quatre militaires qui faisaient partie du groupe, les autres étaient de simples civils qui n'avaient jamais été confrontés aux épreuves requises pour obtenir un quelconque « bon pour le service spatial », et il ne voyait pas comment il allait bien pouvoir former ces gens qui avaient sans aucun doute de grandes capacités intellectuelles, certes, mais qui n'avaient, en revanche, aucune prédisposition pour affronter un quelconque danger.

> — Faites donc pour le mieux ! avait sèchement rétorqué le général responsable du centre de formation en réponse à son interrogation et à ses doutes sur les aptitudes physiques des civils. C'est une opération de la plus haute importance, un ordre direct de la Maison Blanche …

Le petit groupe « d'astronautes » était composé de neuf personnes, cinq civils et quatre militaires, six hommes et trois femmes. Il y avait Andréas Becker, capitaine des Marines et chef de la mission, ainsi que le professeur Gaisma Al Jazari, un égyptien archéologue de l'université du Caire et Anisha Pauwels, du journal "THE NEW YORK TIMES".

Faisaient également partie de l'expédition :

Le soldat du temps

Tamara Benitez, brillante astronome de l'observatoire du mont Wilson, en Californie, qui était une jeune femme légèrement métissée d'une trentaine d'années, de petite taille et d'allure sportive.

Myriam Tripopoulos, qui était jeune médecin fraîchement diplômée de l'université d'Oxford, en Angleterre. C'était une belle femme, âgée de trentaine-cinq ans, avec une longue chevelure brune qui descendait dans le dos. Elle était grande avec des proportions et des formes qui lui donnaient une allure robuste mais féminine.

Ottavio Antonelli, biologiste et pharmacologue de l'université de Rome, qui était un homme de taille moyenne, avec un léger embonpoint et un visage rond agrémenté d'une fine moustache qui le rendait sympathique.

Le sergent Colby De Cruz, militaire de la Légion étrangère française, qui était un homme d'une trentaine d'années, bâti comme un colosse, habillé à la mode avec un costume près du corps et une barbe naissante bien rasée. Ses compagnons d'armes l'avaient baptisé « l'ours des Carpates » ...

Démétrius Ferreola, lieutenant de la Royal Air Force, qui était un homme plutôt jeune, grand et frêle, avec une barbe à la mode sur un visage en ovale juvénile, ce qui ne lui donnait pas le morphotype de l'emploi. Pourtant, ceux qui le connaissaient savaient qu'il n'était jamais à court d'idées ni de ressources.

Sergei Kuznetsov, sergent des forces spéciales des Marines, qui était âgé d'une quarantaine d'années, grand et fort physiquement, le visage imberbe et le crâne presque totalement dégarni. Le regard hautain et dédaigneux, il dégageait une impression de supériorité antipathique.

Bauwens n'ignorait pas que l'entrainement devait être propre à chaque astronaute pour répondre au mieux à sa formation et à ses intérêts, mais, en règle générale, l'instruction devait durer de 6 mois minimum à plusieurs années. Cette formation comprenait tout autant des cours de géologie, d'astronomie, de pilotage, de sophrologie, de psychanalyse, d'ingénierie, d'informatique et de météorologie. Elle était complétée d'un enseignement spécifique sur les lanceurs spatiaux, les opérations de lancement et de récupération, les sorties

Le soldat du temps

dans l'espace, la navigation et le guidage du vaisseau, les communications, les systèmes électroniques etc.

En parallèle, les cosmonautes étaient soumis à de nombreux entraînements physiques comme la centrifugeuse pour préparer l'astronaute au décollage et à la rentrée dans l'atmosphère. Venait ensuite l'entraînement en piscine. L'intérêt de cette immersion dans l'eau permettait de ressentir certains effets de l'impesanteur. Les astronautes étaient immergés sous l'eau accompagnés de leur équipement complet, la combinaison spatiale, le casque, l'oxygène, et passaient ainsi des dizaines d'heures afin de reproduire les longues missions qu'ils allaient devoir exécuter dans l'espace.

C'est pourquoi le programme des festivités préparé par Bauwens, bien que considérablement allégé, était fourni et drastique, comme à son habitude. Lever très tôt le matin, douche, légère collation, puis footing de dix kilomètres, douche, « conditionnement psychologique » aux objectifs de la mission, sophrologie et relaxation, puis enfin le repas de midi, généralement frugal. Reprise ensuite avec le yoga pour la préparation mentale à la maîtrise de soi, les exercices sous-marins en piscine et après un parcours de six kilomètres parsemé d'embûches, douche et repas du soir très tôt pour aller au lit de bonne heure et être en pleine forme le lendemain matin.

Bauwens eut l'idée, pour les tout premiers jours, de n'appliquer que progressivement son programme, dans le but de permettre une montée en charge des efforts à fournir. Mais il dû rapidement se rendre à l'évidence, la détermination et l'implication des civils étaient tout aussi grandes que celle des militaires et souffrir dans les exercices physiques difficiles ne calmait pas leur ardeur. Ils se plièrent de bonne grâce aux règles de discipline et aux contraintes de l'entrainement sans quémander une quelconque faveur en raison de leurs conditions de civils non habitués aux efforts physiques. Même l'italien, Ottavio Antonelli, qui pourtant était arrivé avec une condition physique très moyenne et quelques kilos de trop, se mit très vite au même train que les autres et on vit, au fil des jours, son aspect se transformer pour devenir celui d'un homme affûté. Et même le professeur égyptien,

Le soldat du temps

Gaisma Al Jazari, d'un âge déjà avancé, résistait bien au régime infernal imposé par leur instructeur.

Bien entendu, pour Bauwens, la préparation de la « bande de boyscouts » serait de toute façon trop incomplète, mais il avait dû finalement convenir à contre cœur, que pour la durée de l'entrainement qu'ils avaient reçu, c'était une « bande de sacrés gaillards ».

Le soldat du temps

Alors que leur entrainement touchait à sa fin, l'heure était à la séance de « conditionnement psychologique aux objectifs de la mission » et les « boyscouts », comme les surnommait toujours Bauwens, appréciaient un repos bien mérité.

— Qu'est-ce donc une "porte sur l'espace" ? demanda Ottavio Antonelli le biologiste.

Ce fut naturellement Tamara Benitez, l'astrophysicienne et astronome de l'observatoire du mont Wilson, qui répondit :

— He bien … dit-elle, pour faire simple, il s'agirait d'une distorsion de l'espace spatiotemporel, créant un "trou", qui permet de relier directement deux points de cet espace, comme par un raccourci …

— Mais si vous voulez une réponse plus complète et scientifique, enchaîna-t-elle, sachez qu'un "wormhole" ou « trou de ver » est connu en physique sous l'acronyme PER, « Pont d'Einstein-Rosen », du nom de ceux qui en ont révélé l'existence théorique. Depuis cette découverte, des expériences technologiques ont permis de simuler le comportement des lois de la physique dans ces régions de l'espace où les conditions sont extrêmes …

— Pour le représenter plus visuellement, expliqua-t-elle, imaginons la surface d'une feuille de papier qui matérialise l'espace-temps, non pas en quatre dimensions, mais en deux dimensions. Sur cette feuille de papier, on trace deux points distincts, A et B, séparés par la longueur de la feuille. Si l'on prend soin de plier la feuille sur elle-même de sorte que les deux points soient en contact, alors on peut voyager non pas à la surface de la feuille de papier, mais directement en passant du point A au point B. La rencontre des deux points serait le « trou de ver » provoqué par la courbure de l'espace-temps à l'image de la pliure de la feuille de papier …

— L'utilisation d'un « trou de ver », poursuivit-elle, permettrait donc de voyager directement d'un point de l'espace-temps à un autre en un temps considérablement réduit par rapport au temps qu'il aurait fallu pour parcourir la distance séparant ces

Le soldat du temps

deux points de manière linéaire. C'est ainsi que l'on peut imaginer voyager dans la galaxie par exemple en un temps très court alors qu'il faudrait des années-lumière pour joindre ce lieu avec un moyen de transport traditionnel ...

— Mais il y a une incertitude majeure, termina-t-elle, c'est celle concernant le temps de la « traversée » au passage du point A au point B, en raccourcissant l'espace, le temps est-il raccourci dans les mêmes proportions, ou bien, au contraire, est-il conservé ? autrement dit, après être passé par le « trou » dans l'espace, a-t-on voyagé aussi dans le temps ?

Tous les apprentis cosmonautes restaient silencieux, le regard visiblement incrédule et la tête dans les étoiles. Bien évidemment, le capitaine Becker ainsi que le professeur Al Jazari n'évoquèrent point leur expérience vécue quelques jours auparavant sous la pyramide de Djoser, car ils étaient tenus à la discrétion.

— Toujours d'après la théorie d'Einstein-Rosen, continuait miss Benitez, on doit s'attendre à ce qu'il existe deux sortes de portes. Pour faire simple, les unes sont dites « symétriques », c'est-à-dire qu'elles autorisent leur traversée dans les deux sens, tandis que les autres sont dites « dissymétriques » et on ne peut les franchir que dans un seul sens.

Puis, Anisha Pauwels posa la question qui brûlait les lèvres de tout le monde :

— Mais ... croyez-vous que cela puisse être dangereux pour un être humain ? interrogea-t-elle.

Personne ne semblait être en mesure de répondre à cette question. Alors, Andréas Becker, responsable de la mission, se crût obligé de rassurer ses compagnons :

— Il n'existe aucune certitude à ce sujet, dit-il calmement, tout ce que l'on peut affirmer, c'est que des aliens sont venus par cette porte ... alors, bien sûr, cela n'est pas une garantie pour nous, mais cela signifie au moins une chose ... c'est qu'une forme de vie, dont nous ne savons pas grand-chose, certes ... une forme

Le soldat du temps

de vie a réussi à traverser une partie de la galaxie pour venir chez nous … et il est logique que nous fassions de même !

Devant le silence perplexe de toute l'assemblée, il rajouta solennel :

— Pour ceux qui hésiteraient encore, il est toujours temps de renoncer, dit-il sur un ton plein de reproches.

Aucun des membres de l'équipe ne broncha en réponse à cette invitation du capitaine, car pour tous les « cosmonautes », être le représentant de son pays dans une telle expédition, était un grand honneur.

Le soldat du temps

Le grand jour était enfin arrivé, « le jour J », comme se plaisait à le rappeler le capitaine Becker lorsque le moral des troupes était au plus bas : « c'est pour ce jour J que nous sommes là ». Le site funéraire de Sakkarah était totalement bouclé, les forces de police et les robots militaires avaient pris possession des lieux et de ses environs. On n'avait jamais vu un tel déploiement de force dans un endroit d'ordinaire envahi par les touristes. Les médias, alertés par une telle effervescence, avaient fini par poser des questions aux autorités civiles et la réponse, donnée tardivement, était jugée plutôt vague, jusqu'à ce qu'un officiel déclare qu'il s'agissait d'une « opération antiterroriste ».

Les « cosmonautes » étaient arrivés dans un FluidBus aux couleurs de l'armée égyptienne qui avait été spécialement aménagé pour qu'on ne puisse pas voir à l'intérieur. Un hangar en préfabriqué avait été installé tout près de la pyramide pour accueillir le bus et permettre à ses occupants d'y entrer sans être aperçus de l'extérieur. Les neuf membres de l'expédition descendirent du véhicule et empruntèrent les couloirs étroits qui conduisaient dans les entrailles du site archéologique. Ils étaient vêtus de leur combinaison spatiale, robuste mais ultralégère, qui était conçue pour laisser un maximum de liberté à leurs mouvements.

Arrivés dans la dernière grande salle du sous-sol qui grouillait de soldats, ils furent accueillis par le colonel Hussein Ibn Al-Nashwiri. Celui-ci, les salua brièvement et les accompagna dans le sas qui les conduisait vers la « porte ». Cette pièce était de dimension réduite et, jouant des coudes pour passer le cordon de militaires en armes, ils eurent du mal à se présenter devant le dernier mur. Ils étaient enfin face à leur destin, mais, contrairement à ce que la plupart d'entre eux avaient imaginé, la « porte de l'espace » n'avait rien de grandiose, c'était seulement un obstacle gris dans une pièce obscure, recouvert d'une émanation qui paraissait légèrement frémissante, comme un épais brouillard.

Il y eut un long moment de silence avant que le colonel Ibn Al-Nashwiri ne prononce la phrase fatidique :

— Mesdames et messieurs, dit-il simplement, il est temps …

Le soldat du temps

Alors, un à un, sans un mot, les membres du corps expéditionnaire « Djoser-one » s'avancèrent et disparurent entièrement en traversant l'obstacle de fumée.

Le soldat du temps

VII - La planète « Silva »

Le capitaine Andréas Becker reprenait peu à peu ses esprits. Il avait perdu toute notion de l'espace et du temps, comme s'il se réveillait après un long sommeil profond. Il prit conscience qu'il se trouvait allongé dans une pénombre proche de l'obscurité et se souvenait progressivement de l'histoire récente qu'il venait de vivre, comme dans un rêve inachevé. L'entrainement avec ses compagnons d'aventure, Anisha, Myriam, Tamara, Démétrius et les autres, puis, la pyramide, les couloirs, la porte … il se mit soudain à paniquer … les autres, étaient-ils là ? Avaient-ils pu s'en sortir ?

Il tenta de se lever mais il se sentait lourd et il se rendit compte qu'il portait un équipement complet avec un gros sac à dos et un casque relié à un kit d'oxygène. Ses souvenirs étaient à présent complètement revenus et il réalisa qu'il avait traversé la « porte » et qu'il était toujours vivant. Il fouilla l'une de ses poches et sortit une lampe torche pour éclairer autour de lui. Il discernait vaguement des silhouettes qui, comme lui, reprenaient vie avec difficulté.

— Est-ce que tout le monde va bien ? osa-t-il enfin demander.

Il essayait de discerner les corps qui bougeaient dans l'obscurité et de les compter pour se rassurer sur l'état de santé de ses compagnons.

— Tout le monde va bien ? insista-t-il anxieux.

Les membres de l'expédition répondirent, les uns après les autres, et il lui sembla que tout le monde était sauf.

— Rien de cassé ? pas de gros souci ? demanda-t-il, si vous sentez que vous avez une difficulté physique ou mentale, je vous invite, à ce moment, à réfléchir, car il vaut mieux renoncer à la mission maintenant et faire demi-tour, plutôt que de poursuivre et mettre peut-être en péril les autres …

Le soldat du temps

Personne ne sembla tenté de faire demi-tour et le capitaine fut à la fois soulagé et fier de voir, malgré l'opacité des lieux, la détermination de tous.

Après quelques minutes durant lesquelles la petite troupe avait fini par se rassembler, Becker se remémora le protocole qu'ils avaient mis au point à l'entrainement. Il consulta un petit instrument de mesure, monté en bracelet montre, assez sophistiqué pour indiquer divers paramètres, tel que ceux de la météo ou bien la composition de l'air ambiant :

— L'atmosphère de cette planète est constituée pour l'essentiel d'azote et d'oxygène, précisa-t-il, c'est une bonne nouvelle, mais il y a ici quelques traces de dioxyde de soufre et de monoxyde de carbone qui le rendent toxique. Je vous conseille de garder vos masques en place. On doit être dans une galerie proche d'une activité volcanique.

Aidés de leurs lampes torche, ils trouvèrent ce qui pouvait ressembler à un passage qui se dirigeait vers le haut de la galerie. Instinctivement, Becker et la petite troupe empruntèrent le chemin rocailleux et commencèrent à monter lentement la pente escarpée. Ils marchèrent ainsi durant un long moment, le corps penché vers l'avant, en respirant bruyamment tant l'effort à fournir était important. Certains d'entre eux louaient intérieurement les heures passées à la NASA à souffrir sous la baguette de l'instructeur Bauwens.

Guidés par la lueur du jour, ils parvinrent enfin à sortir des ténèbres souterraines et à atteindre un plateau rocailleux situé en hauteur qui semblait être un endroit idéal pour être un point d'observation de tous les environs.

Le spectacle qui s'offrit alors à eux était absolument magique ...

Sur la gauche, on pouvait assister à un magnifique « coucher de soleil », avec des couleurs pastel qui irisaient le ciel d'un bleu mauve, zébré par une myriade d'étoiles filantes. Sur la droite au contraire, on voyait un second astre solaire se lever, avec une lumière rasante qui donnait des teintes plus nettes en même temps que des ombres très allongées. En levant les yeux, on contemplait trois astres qui étaient

Le soldat du temps

sans doute des satellites de la planète. L'un d'entre eux était très proche et laissait admirer à l'œil nu des cratères tourmentés qui, pour certains, auraient pu être lunaires. Les deux autres étaient plus éloignés et brillaient fortement dans la partie sombre du ciel.

En bas au centre, on distinguait une vaste plaine, où un fleuve très large, devenant presque un lac, coulait paisiblement entre des coteaux aux pentes douces. Et à perte de vue, des forêts verdoyantes, des arbres de toutes les tailles et de toutes les couleurs, du brun à l'ocre, avec de larges feuilles multicolores et des fleurs de toutes formes et couleurs, des fourrés épais et une végétation fournie avaient envahi tout le paysage. Cela rappelait un peu les forêts canadiennes au plus fort de « l'été indien ».

Le panorama féérique semblait totalement irréel et inconcevable pour un habitant de la Terre. Ils voyaient à la fois s'éteindre un jour et un autre apparaître au même instant. Anisha Pauwels filmait la scène avec délectation.

> — L'air est respirable ici, déclara le capitaine Becker en enlevant son casque après avoir consulté son instrument de mesure.

Il remarqua alors que ses compagnons étaient figés debout, ébahis et émerveillés par la scène qu'ils avaient sous les yeux. Un à un, cependant ils ôtèrent leur équipement de survie, pour être à l'aise et mieux admirer le spectacle grandiose. Une légère brise provenant de l'étendue d'eau toute proche parvenait jusqu'à eux et rafraichissait agréablement l'atmosphère.

La température de l'air était très agréable, vingt-trois degrés Celsius, nota Becker. Ils restèrent ainsi plusieurs minutes à admirer la scène. Ils voyaient le paysage changer doucement, les ombres de déplacer, mais le décor semblait presque figé car le mouvement des astres était très lent. Le silence apaisant était synonyme d'une douce quiétude, aucun bruit, aucune trace d'une civilisation quelconque, on aurait cru voir une carte postale touristique.

> — Il s'agit d'un système stellaire binaire, observa Tamara Benitez, l'astronome, un système avec deux étoiles couplées. C'est extraordinaire, je ne pensais pas voir ça un jour d'aussi près !

Le soldat du temps

— Mais avec deux soleils, remarqua Myriam Tripopoulos, la femme médecin de l'équipe, on ne va jamais voir la nuit ! alors comment va-t-on faire pour dormir sereinement ?

— Oui c'est vrai ! insista miss Pauwels, on ne va pas dormir souvent …

— Avec trois lunes, répondit miss Benitez avec un large sourire, on devrait avoir une éclipse tous les cinq ou six mois …

— Bon, je ne voudrais pas être l'empêcheur de dormir en rond, dit le capitaine Becker, mais nous ne sommes pas ici pour faire du tourisme … et encore moins pour faire la grasse matinée … alors on va progresser un peu et voir la suite, car s'il est exact que cette planète a tout pour plaire, je reste personnellement dubitatif … et je m'attends, peut-être, à des surprises pas forcément très agréables …

A regret, la petite troupe se regroupa et décida de prendre la direction qui conduisait au bas du plateau rocailleux d'où ils contemplaient le paysage. Ils avançaient, en silence, les uns derrière les autres, avec le sergent De Cruz, le militaire de la Légion étrangère française, qui marchait en tête, quelques cinquante mètres devant. Curieusement, ils se sentaient légers, comme animés par une énergie indéfinissable, et Anisha Pauwels en fit la remarque :

— Normal, répondit miss Benitez l'astronome, si vous consultez votre gravimètre vous verrez que la gravité locale est de 9,22 newtons, alors qu'à la surface de la Terre, la force de pesanteur est constituée principalement par la gravité qui est de 9,81 newtons. Cela fait un gain de poids d'environ 6% et ça n'est pas négligeable … on va fatiguer moins vite …

— Voilà une manière agréable de perdre du poids sans régime ! observa miss Tripopoulos, le médecin de l'équipe.

Ils approchaient à présent de la lisière d'une immense forêt, c'est du moins ce qu'ils avaient pu en juger du haut de leur point d'observation.

Le soldat du temps

— Cette planète est totalement couverte de forêts et de plantes de toutes sortes, remarqua Ottavio Antonelli, le biologiste, je pense que l'on peut lui attribuer le nom de « planète Silva » …

— Maintenant je vous prie de garder le silence, interrompit le capitaine Becker, et de passer vos vêtements en « mode caméléon » …

Le « mode caméléon », comme son l'indique, était une possibilité technologique, offerte par leurs combinaisons, de changer de couleur en fonction du paysage et donc de s'y fondre plus facilement.

VIII - L'AUTRE CIVILISATION

Ils marchaient ainsi en file indienne en direction du fleuve, depuis un moment qui leur paraissait long, étant donné qu'ils étaient dans la confusion la plus totale concernant la notion du temps qui était devenue complètement floue. Ils avançaient prudemment, au milieu d'arbres qui étaient très hauts mais avec de larges espaces entre eux, de sorte qu'ils parvenaient à progresser dans une herbe haute qui ressemblait à de la fougère. Ottavio Antonelli, le biologiste s'attardait quelquefois un instant pour examiner une plante, une herbe ou bien un tronc d'arbre, mais s'il ne put reconnaître formellement les espèces présentes sur terre, certaines ressemblaient étrangement à des essences forestières connues. C'était le cas d'arbres qui se dressaient majestueux en bordure du fleuve et qui rappelaient des essences terrestres telles que les cèdres, les ormes, les érables, les séquoias et toutes sortes de pins.

La forêt était silencieuse et ils ne voyaient ni n'entendaient aucun animal ou volatile.

— Nous n'avons vu aucune trace de civilisation avancée, murmura le biologiste. Cette planète est-elle habitée ?

— C'est sans doute ce que vous diriez si vous arriviez sur Terre au milieu de l'Amazonie ! répliqua avec un sourire le capitaine Becker en chuchotant.

Soudain, l'homme de tête, le sergent De Cruz, leur fit un geste signifiant sans ambiguïté de le rejoindre. Ils se précipitèrent vers lui et, arrivés sur place, ce qu'ils virent les laissa pantois. Il s'agissait d'une pierre, haute d'environ un mètre, à peine visible, cachée derrière les herbes hautes et portant des inscriptions mystérieuses. A l'évidence, ces marques ne pouvaient être naturelles ...

Le soldat du temps

Le capitaine Becker leur intima de garder le silence avec un geste de l'index sur les lèvres. Tous se tournaient à présent vers le professeur Al Jazari, l'archéologue égyptien, qui avait peut-être la compétence pour expliquer la chose. Celui-ci, prenant ses responsabilités, sortit un petit appareil qu'il utilisa pour scanner les inscriptions et, après avoir consulté le résultat, déclara à voix basse :

— C'est absolument incroyable ! dit-il l'air ébahi, ces signes sont reconnus par mon analyseur automate …

— Et que disent-ils ? demanda le capitaine le regard incrédule.

— « Uruk, 60 stades », répondit simplement l'archéologue.

— Bon sang ! et qu'est-ce que cela signifie ? insista Becker avec une impatience que l'on sentait monter dans la voix.

— *Uruk* est une ville de l'ancienne civilisation sumérienne qui était florissante en Mésopotamie, dans le sud de l'Irak, environ 5.000 ans av. J.C., expliqua le professeur Al Jazari. Ils utilisaient une écriture cunéiforme, unique en son genre car elle n'est apparue qu'avec les sumériens en Basse-Mésopotamie, qui a été l'une des plus anciennes écritures de l'humanité, si ce n'est la plus ancienne … et c'est cette écriture que mon appareil détecte …

— Mais … bon sang ! … s'exclama miss Pauwels la journaliste, serions-nous revenu sur Terre, après un bond dans le temps de plusieurs milliers d'années plus tôt ? un voyage spatiotemporel peut-il être seulement temporel ?

— Je ne crois pas non, dénia l'archéologue, il y a 8.000 ans, la Terre n'avait pas deux soleils et trois lunes …

— Mais peut-être avons-nous changé d'univers … tenta d'expliquer Myriam Tripopoulos, le médecin de l'équipe, et que dans cet univers …

— Peut-être que cette pierre provient tout simplement de la Terre, suggéra Ottavio Antonelli, le biologiste, et qu'elle a été amenée là par je ne sais qui, mais en empruntant le même chemin que nous venons de le faire et …

Le soldat du temps

— Je vois que vous ne manquez pas d'imagination, interrompit le capitaine Becker. Mais après tout, nous ne savions rien de ce qui pouvait arriver en franchissant la porte de Djoser … et nous ignorons tout de la destination de cette porte … alors, tout semble envisageable et rien n'est impossible …

— C'est exact ! et c'est pourquoi, pour ma part, je resterai prudent et m'en tiendrai aux faits, déclara le professeur Al Jazari en concluant le dialogue, à savoir que nous avons trouvé une pierre au bord d'un chemin portant des inscriptions en écriture cunéiforme et signalant la distance entre ce point et la ville d'*Uruk* ! et je ne vois pas quoi d'autre il y aurait à rajouter tant que nous n'aurons pas plus d'éléments !

Le petit groupe semblait complètement désorienté, les objectifs de la mission seraient-ils toujours les mêmes s'ils étaient sur Terre, quelques milliers d'années plus tôt et, qui plus est, dans un autre univers ? Ils s'interrogeaient …

— Et "60 stades", qu'est-ce que cela veut dire ? questionna le capitaine Becker en redevenant pragmatique.

— Le "stade" était une mesure de distance utilisée dans l'antiquité, répondit calmement le professeur Al Jazari, une distance d'environ 180 mètres. Donc, cette "borne" nous indique la distance à laquelle nous nous trouvons de la ville d'*Uruk*, "60 stades", soit un peu plus de 10 km …

— Eh bien … déclara le capitaine d'une voix ferme, nous savons ce qu'il nous reste à faire ! droit sur *Uruk* !

Le soldat du temps

Ils continuèrent d'avancer dans la même direction avec une prudence redoublée et avec tous leurs sens en éveil. Au fur et à mesure qu'ils approchaient du fleuve, ils sentaient l'air se rafraîchir, et le sentier qu'ils suivaient semblait se matérialiser un peu plus, comme s'il servait à « quelqu'un », mais ils ne percevaient toujours aucun bruit, pas plus que la moindre trace de civilisation. Cette fois c'était le sergent Sergei Kuznetsov, des forces spéciales des Marines, qui ouvrait la marche quelques dizaines de mètres devant la troupe alors que le sergent De Cruz restait en position d'arrière-garde.

Ils découvrirent un peu plus loin, sans grande surprise, une nouvelle borne indiquant "Uruk, 50 stades", preuve qu'ils allaient dans la bonne direction. Ils atteignirent ainsi les bords du fleuve qui, comme ils l'avaient constaté depuis leur promontoire, était calme et si large qu'on le confondait avec un grand lac. L'eau était claire et fraîche et donnait envie de se baigner, mais personne n'osa en proposer l'idée. Ils se demandaient ce qui allait se passer, car ils sentaient qu'ils étaient tout près du but, tout près d'être confrontés à ce pourquoi ils étaient là …

Et soudain, la « rencontre » eut lieu, au moment où ils s'y attendaient le moins. Ce furent deux silhouettes qui, sortant d'on ne sait où, jaillirent brusquement d'un fourré et ils se trouvèrent nez à nez avec les « Aliens ». Durant quelques secondes interminables de désarroi, tous s'observèrent, totalement abasourdis, tout autant les uns comme les autres, sans pouvoir dire un mot ou esquisser un geste. Puis, les deux autochtones s'enfuirent en courant dans la direction du fleuve et se mirent à crier des phrases incompréhensibles. Une fois le moment de stupeur passé, les membres de la mission « Djoser-one » retrouvèrent lentement leurs esprits.

> — Vous avez vu comme moi ? dit miss Tripopoulos, le médecin de l'équipe, ce sont des extraterrestres très ressemblants aux hominidés que nous sommes, n'est-ce pas ?

> — Absolument, confirma miss Pauwels, j'ai vu deux individus, pourvus d'une tête posée sur un corps, de deux jambes et de deux bras, l'un très grand et efflanqué et l'autre, plus petit et plus jeune, mais ce sont nos cousins …

Le soldat du temps

— Ils n'avaient pas l'air agressifs, plutôt peureux même, glosa le biologiste Ottavio Antonelli avec un sourire.

— Ils ont été les témoins privilégiés d'une rencontre du troisième type, observa miss Benitez, l'astronome, mais pour une fois les visiteurs c'est nous !

— Bon, il ne nous faut pas rester plantés là, ordonna le capitaine Becker, nous pourrons commenter tout cela un peu plus tard, mais pour l'heure, il faut peut-être que l'on s'organise pour une toute autre réception ! ils ont dû aller chercher de l'aide chez leurs congénères, alors préparons-nous à les accueillir comme il se doit … les civils derrière … Colby et Serguei devant, mais ne tirez pas sans mon ordre … Démétrius, tu couvres l'arrière … et je répète, pas de panique, on ne tire que sur mon ordre !

Ils avaient trouvé un coin abrité par les fourrés, en bordure du chemin, et ils espéraient que les choses allaient bien se passer à présent qu'ils étaient au cœur même de leur mission. Ils étaient venus avec l'espoir d'observer sans être vus et cela était raté, mais ce scénario avait été, bien sûr, envisagé. Dans ce cas, les instructions étaient claires, « pas d'affrontement direct », car leur expédition n'était pas destinée à cela.

Ils attendirent un temps difficile à estimer, lorsqu'ils entendirent des bruits de pas, ainsi que des voix, approchant dans leur direction. Bientôt, c'est un groupe d'individus qui se présenta sur le chemin qu'ils avaient en point de mire et qui avançaient sans se cacher. En tête, ils reconnurent les deux autochtones qu'ils avaient vu en premier qui guidaient les autres et, tout en marchant vers eux, ces gens discutaient beaucoup avec une excitation visible, mais, apparemment, ils ne semblaient pas porter d'armes.

Il y avait là un groupe d'une vingtaine de personnes, dont l'apparence était, à n'en pas douter, celle d'humains, hommes et femmes, de taille cependant nettement plus grande que la moyenne. Ils étaient peu vêtus, et cela pouvait se comprendre étant donné la température clémente des lieux. La plupart portaient un haut de vêtement qui ressemblait à un tee-shirt sans manche, dans une matière qui rappelait le coton, et un bas qui était comparable à un short et des chaussures

Le soldat du temps

du genre sandales. Le groupe était composé de gens de tous âges et leurs intentions semblaient être pacifiques.

Arrivés à leur hauteur, l'un d'entre eux, qui semblait être leur chef, se détacha du groupe et se mit à les haranguer dans une langue inconnue. Voyant que l'attitude des indigènes était paisible, Becker se leva et, après avoir demandé d'un geste aux terriens de rester à l'abri, il s'approcha des habitants des lieux. Comme ils l'avaient répété lors de l'entrainement, le capitaine se mit à faire des signes avec les mains et les bras dans un langage proche de celui des sourds-muets qui était réputé avoir un caractère universel. Mais ses gesticulations semblaient n'avoir aucun effet sur les autochtones, si ce n'est provoquer des rires, et ils continuaient à lui parler dans leur langage incompréhensible.

Ce fut, en définitive, le professeur Al Jazari qui débloqua la situation. En effet, sans y avoir été invité, il sortit calmement du fourré et il tenait dans sa main son appareil traducteur sur l'écran duquel quelques signes cunéiformes étaient tracés. Il montra ces inscriptions au chef de la troupe qui fut pris aussitôt d'un grand éclat de rire en hochant la tête avant de se mettre à haranguer les autres.

— Que lui avez-vous écrit ? demanda Becker intrigué.

— Je lui ai signifié simplement d'écrire ce qu'il avait à nous dire, répondit le professeur, s'ils parlent le sumérien, comme les bornes semblent le laisser entendre, nous n'avons aucune chance d'échanger verbalement avec eux, étant donné que nous ignorons tout de leurs phonèmes. En revanche, nous pouvons communiquer par écrit grâce à mon analyseur …

— Formidable ! s'écria miss Pauwels enthousiasmée.

Par le langage des signes, le chef de la troupe les invitait à présent sans ambiguïté à les suivre. Après un bref échange entre eux, les terriens se mirent en marche derrière la petite troupe des habitants de la planète « Silva » en direction d'*Uruk*.

— Restez prudents et prêts à battre en retraite, conseilla néanmoins Becker.

Le soldat du temps

Ils marchèrent ensemble sur le chemin longeant le fleuve, les « Aliens » marchant devant et discutant bruyamment, les terriens derrière en silence. Après avoir parcouru quelques kilomètres, ils aperçurent les premières constructions d'une cité qui avait surgi soudainement à l'orée de la forêt. L'entrée de la ville était matérialisée par une énorme statue de plusieurs mètres de hauteur, représentant un animal hybride, moitié aigle et moitié lion, qui paraissait être le gardien des lieux.

> — C'est un griffon, observa le professeur Al Jazari, une créature de grande noblesse que l'on nommait autrefois le « seigneur du ciel de la terre », parce qu'il est issu du croisement de l'aigle, le roi des cieux, et du lion, le roi de la terre. Il était présent dans toutes les mythologies, mais on note sa première apparition en Mésopotamie, il y a plus de sept mille ans. C'est le gardien de l'arbre de vie et des portes des cités.

Celui qui paraissait être le chef se tourna vers les cosmonautes et, montrant la ville, s'écria :

> — "Ourouk" ! dit-il avec un grand sourire.

Tout le monde comprit que c'est ainsi que l'on prononçait "Uruk" dans le langage local. Ils entrèrent dans les premières rues de la cité qui étaient envahies par une foule de curieux qui avaient les yeux braqués sur les « visiteurs » et qui commentait avec exaltation la venue des terriens dans une atmosphère "bon enfant". Ceux-ci purent constater et conclure, en observant les lieux, que le niveau technologique de ces populations ne semblait pas très développé, probablement proche de celui du moyen-âge, pensaient-ils.

Le soldat du temps

L'accueil était tout autre que celui qu'ils avaient imaginé, car, même dans les scénarios les plus pessimistes, ils avaient envisagé avoir affaire à des êtres hostiles qui étaient en guerre avec l'humanité. Mais, il fallait bien reconnaître qu'ils étaient loin d'avoir affaire à une situation conflictuelle face à des ennemis et, malgré la défiance du capitaine Becker, ils s'accordaient à louer l'accueil que la planète « Silva » leur avait réservé jusqu'ici.

Bientôt, ils arrivèrent dans une grande salle d'un immeuble qui paraissait abriter les « services officiels », comme une mairie par exemple pensa Becker, et le chef de file des joyeux drilles proposa à tout le monde de prendre place sur des sièges rustiques qui n'étaient autre que des bancs en bois. Puis, il s'absenta un court instant pour revenir avec une plaque d'ardoise noire et un morceau de roche blanche qui s'avéra être une craie avec laquelle il dessinait des signes sur l'ardoise. Le professeur Al Jazari utilisait son "scanner-traducteur" pour tenter de comprendre les inscriptions et pour communiquer avec les autochtones. Cela donna un dialogue totalement surréaliste avec la série de questions-réponses suivante :

> — « Etes-vous des Dieux venus du ciel ? » écrivit celui qui paraissait être le chef et qui s'avéra, par la suite, être l'un des scribes de la communauté d'*Uruk*.

Avant chacune des réponses, le professeur essayait d'obtenir un consensus de la part de ses compagnons et le capitaine tranchait s'il y avait un litige. Pour cette première réponse tout le monde fut d'accord :

> — « Non », écrivit à son tour le professeur Al Jazari.

> — « D'où venez-vous ? » demanda le scribe.

> — « Nous venons de la planète "Ki" », répondit le professeur.

Il avait expliqué à ses camardes que, selon les tablettes d'argile de Sumer, les sumériens connaissaient la Terre sous le nom de « Ki », et il espérait que ce terme serait compris par leurs interlocuteurs. A la lecture du message, une sorte d'émoi parcourut l'assemblée et les

Le soldat du temps

habitants présents se mirent à discuter entre eux d'une manière animée.

— « "Ki" est la terre sacrée d'où venaient nos ancêtres, c'est dit ainsi dans notre culture », finit par écrire le scribe avec un regain de respect visible pour les visiteurs.

— « Comment êtes-vous venus » ? demanda le scribe.

Les terriens entamèrent une discussion entre eux pour savoir s'il était opportun de dévoiler le chemin qu'ils avaient emprunté. Finalement, ils optèrent pour une version qui restait floue sur la vérité et surtout sur la présence d'une « porte de l'espace-temps ».

— « Nous sommes venus par la colline derrière la forêt », dévoila le professeur.

— « C'est le chemin qui mène vers les « grottes du feu des enfers » gardées par la déesse *Ereshkigal*, et les Dieux interdisent d'y pénétrer sous peine de mourir et d'y rester enterrés », avoua le scribe.

Le professeur Al Jazari expliqua qu'*Ereshkigal* était la déesse des Enfers dans la mythologie sumérienne et que, sans doute, l'activité volcanique dans les environs de la porte faisait penser aux enfers. Becker et sa troupe en conclurent que leurs fameux « dieux » cachaient l'accès à la porte sous des prétextes religieux, mais ils repensèrent alors aux émanations de gaz toxiques qui interdisaient l'usage de la porte sans scaphandre encore plus efficacement que la loi divine.

— « Si vous êtes venus par le chemin des enfers, c'est que vous avez le pouvoir des dieux ! » affirma le scribe.

— « Non, nous sommes seulement des Terriens, habitants de la planète "Ki" », assura le professeur.

— « Pourquoi êtes-vous ici ? » questionna le scribe.

— « Nous sommes venus en paix explorer votre monde », écrivit le professeur Al Jazari.

Le soldat du temps

La discussion se poursuivit sur ce mode de communication aussi étrange qu'efficace. Ils apprirent ainsi que leur principal interlocuteur était un « scribe royal », « appellation des temps ancestraux », nommé Sîl-Gezen. Le professeur Al Jazari fit observer que les scribes occupaient une place sociale importante dans la civilisation sumérienne, car ils en étaient les gardiens de la mémoire historique et culturelle.

La planète que les terriens avaient baptisée « Silva » était en fait dénommée *ManuzuKi* par ses habitants, car « Man-uzu-Ki » signifiait la « planète aux deux levers de soleils », et ils étaient les descendants du peuple des *Mohites*. Le tissu social de la société des *ManuzuKiens* était historiquement structuré autour de multiples cités, telles que *Ur*, *Kish*, *Nippur*, *Eridu* ou *Lagash*, noms de sites archéologiques bien connus de l'ancienne Mésopotamie, formant autant de royaumes à la tête desquels on trouvait des clans familiaux qui se livraient une guerre sans merci. Mais, à présent, et c'était ainsi depuis plusieurs millénaires, les *ManuzuKiens* avaient fait la paix et chacune de leurs villes était gérée par un collectif indépendant, « l'Assemblée des Sages », c'est ainsi qu'ils la nommaient, formule qui avait été jugée la meilleure pour conduire une politique économique et sociale apaisée et juste.

Les habitants de la planète *ManuzuKi* occupaient sa zone équatoriale, car c'était la partie la plus hospitalière, à la fois pour cultiver la terre puisqu'abondamment arrosée par le fleuve, mais aussi la plus agréable pour son climat tempéré toute l'année. En effet, les *manuzuKiens* vivaient essentiellement de leur savoir-faire agricole qui était très développé, notamment pour les techniques d'irrigation à base de canaux, et de l'élevage de tous les animaux de la ferme, lesquels semblaient eux-aussi, compte-tenu de leurs ressemblances, avoir été importés depuis la Terre.

Ils bénéficiaient en outre des produits de la forêt, le bois en premier lieu mais également les fruits de la cueillette ainsi que le gibier, et il y avait localement de nombreuses activités d'artisanat et de commerce.

Les « échanges commerciaux » entre cités étaient essentiellement basés sur le troc, mais la notion d'argent et de monnaie commençait à faire son apparition dans le quotidien de la société *mohite*.

Le soldat du temps

Ils habitaient des demeures érigées en blocs de pierres taillés avec précision et avec un toit couvert de tuiles d'ardoise selon une technique rudimentaire mais efficace. Leur mobilier était sobre, le plus souvent en bois, et essentiellement conçu pour être fonctionnel. Ils ne disposaient d'aucune des technologies modernes dont les terriens raffolaient, pourtant, et ils l'avaient vite remarqué, les *manuzuKiens* n'étaient privés d'aucun des besoins fondamentaux pour vivre heureux.

Tamara Benitez, l'astronome du groupe avait calculé que la rotation sur elle-même de la planète valait cinq fois la durée d'une journée sur Terre, soit 120 heures environ, et que la rotation autour de ses deux astres équivalait à environ dix années terrestres.

Le peuple *mohite* semblait vivre paisiblement et, sans aucun doute, ne correspondait visiblement pas aux méchants Aliens qui avaient attaqué la Terre 150 ans plus tôt parce qu'à l'évidence, ils ne disposaient pas de la technologie requise. Au contraire, ils étaient accueillants, très rieurs et même un peu naïfs, à en croire le professeur Al Jazari. D'ailleurs, leur morphologie plaidait en leur faveur en les faisant fortement ressembler à des hominidés venant de la planète Terre, comme le prétendait leur culture. Le docteur de l'équipe, Myriam Tripopoulos, avait même donné confirmation de ce fait grâce à une analyse ADN qui avait permis d'attester une concordance à 100%.

Les terriens étaient arrivés depuis trois « jours » déjà sur la planète « Silva » et ils avaient eu le temps de faire plus ample connaissance avec ses habitants. Ils étaient bien sûr l'objet de toutes les curiosités de leur part et ils purent apprécier le sens de l'hospitalité *mohite*, même s'ils avaient invariablement refusé toutes les invitations à partager leur ordinaire, par respect des consignes données et par crainte de contracter une maladie inconnue et fatale. Ils se contentaient donc des sachets et comprimés de nourriture concentrée qu'ils avaient emmenés avec eux, en dépit du fait que toutes les analyses biologiques d'Ottavio Antonelli avaient été négatives en matière de toxicité.

IX - LA PLANÈTE SANS RETOUR

Ce fut le moment choisi par le capitaine Becker pour réunir sa petite troupe et décider de ce qu'il était opportun de faire, compte-tenu de la situation trouvée sur la planète *ManuzuKi* qui n'était plus en accord avec les objectifs de la mission.

> — Je me demande aujourd'hui quel est le sens de notre mission à présent que nous avons fait connaissance avec les *Mohites*, dit-il. Je pense pour ma part que nous devrions rentrer sur Terre, poursuivit-il, pour de nouvelles instructions. Qu'en pensez-vous ?

Le professeur Al Jazari, par ses initiatives heureuses, avait pris au cours des récentes journées une place centrale dans la hiérarchie du groupe, une place aussi importante que celle du capitaine lui-même et c'est pourquoi tous les autres attendaient son avis sur la question posée. Celui-ci sentit qu'il devait intervenir :

> — Vous allez sans doute m'objecter que je parle plus dans l'intérêt de ma science que dans celui de la mission, dit-il, mais je dois reconnaître que je suis fasciné par ce peuple qui est si proche de notre civilisation ... et je suis persuadé qu'ils sont en relation étroite avec notre passé, si ce n'est avec notre futur ...

> — Je vous rappelle, professeur Al Jazari, interrompit le capitaine, que notre mission est, avant tout, d'observer, de repérer et, si possible, de rapporter quels sont les points faibles de ces aliens venus attaquer la Terre il y a 150 ans. Or, nous sommes tous d'accord là-dessus, je suppose, ces gens n'ont pas le profil qui correspond à nos envahisseurs ! de fait, notre mission ici n'a plus aucun intérêt !

Le soldat du temps

— Je dois reconnaître, capitaine, concéda le professeur, que la mission qui nous a amenés ici n'a plus le même sens. Mais, ne pas pouvoir répondre aux questions à propos des *ManuzuKiens*, me désole profondément. Quand et par qui ont-ils été déportés sur cette planète ? ont-ils fait l'objet d'un rapatriement sur Terre sous l'appellation de « sumériens » et pour quelle raison ? pourquoi sont-ils aussi grands s'ils sont des terriens déportés ici ?

— Je ne conteste pas que les réponses à ces questions puissent être captivantes en regard de la curiosité scientifique qui est la vôtre professeur, répliqua Becker, mais pour l'heure, cela n'est pas ce qui prime ! donc, puisque tout le monde est d'accord, nous allons rentrer sur terre sans tarder …

— Un instant capitaine ! intervint le lieutenant Démétrius Ferreola de la Royal Air Force.

Tous les autres dévisagèrent le lieutenant, qui était un homme d'une grande discrétion et qui ne prenait quasiment jamais la parole.

— Oui, lieutenant ? demanda le capitaine en levant un regard réprobateur sur lui, quelque chose ne va pas ?

— He bien oui, capitaine, répondit calmement le militaire britannique. Il y a quelque chose qui s'oppose fermement à votre intention de revenir sur Terre en empruntant la porte par laquelle nous sommes venus ici …

— Ah oui ? interrogea Becker sur un ton autoritaire, et quelle est cette chose je vous prie ?

— Une chose toute simple capitaine, poursuivit Ferreola sans se démonter. Selon les explications de Tamara, lors de notre entrainement, elle avait dit qu'il fallait s'attendre à ce qu'il existe deux sortes de portes, les unes « symétriques », celles qui autorisent leur traversée dans les deux sens et les « dissymétriques » que l'on ne peut franchir que dans un seul sens. Eh bien, celle qui nous a permis d'arriver jusqu'ici est du second type, dissymétrique … car elle fonctionne uniquement dans un seul sens, celui pour venir ici, et non pas dans le sens pour en repartir ...

Un sentiment de profond désarroi et de découragement parcourut toute l'équipe de la mission « Djoser-one », dans un silence glacial.

— Et comment pouvez-vous afficher une telle certitude ? demanda le capitaine Becker soudain désarçonné.

— Parce que je l'ai testé moi-même ! révéla le lieutenant Ferreola d'une voix assurée.

— Comment cela ? vous l'avez testé vous-même, expliquez-vous lieutenant Ferreola ! ordonna le capitaine hors de lui.

— Lorsque nous avons « atterri » sur cette planète, expliqua le lieutenant, j'ai eu la chance de reprendre mes esprits plus rapidement que vous tous et j'ai eu le temps de tenter la traversée de la porte dans l'autre sens, mais c'était impossible ...

— Pourquoi avez-vous fait cela ? demanda le capitaine Becker furieux. Dans quel but ?

— Mais parce que j'avais ordre de le faire ! assura le lieutenant Ferreola d'une voix calme. Le passage d'une porte comporte une inconnue de taille, c'est le temps relatif entre les deux mondes qu'elle sépare, Tamara nous l'a expliqué d'ailleurs, et c'est ce que je devais tester ...

— Pourquoi ne suis-je pas au courant qu'un tel ordre vous ait été donné ? questionna Becker interloqué.

— Sans doute parce que vous n'avez pas à l'être capitaine, railla le lieutenant. Il s'agit d'un ordre de ma hiérarchie ...

— N'est-ce pas plutôt de la couardise, lieutenant Ferreola ? insinua le capitaine.

— Dans ce cas, capitaine pourquoi vous aurais-je avoué la chose, répliqua le lieutenant, il me suffisait de vous accompagner là-bas et de constater comme vous que la porte ne fonctionnait pas dans le sens du retour ... mais vous pouvez aller vérifier si le cœur vous en dit ...

Le soldat du temps

Cette fois l'argument avancé paraissait l'avoir emporté sur la détermination sur capitaine qui devait admettre que la version du lieutenant était solide.

— Cela signifie donc que nous sommes prisonniers ici pour toujours peut-être ? demanda Anisha Pauwels avec une voix angoissée.

— Oui, peut-être, répondit Tamara Benitez, mais c'est une prison dorée …

— Il doit bien y avoir un moyen de partir d'ici, déclara Myriam Tripopoulos, puisqu'il est indubitable que des Aliens ont tenté de prendre cette même voie pour échapper à leur sort sur Terre, et, une fois arrivés ici, ils espéraient rentrer chez eux, qui est ailleurs n'est-ce pas ?

— C'est aussi ce que j'avais compris, confirma le professeur Al Jazari. Mais nous sommes devant une énigme, nous ignorons comment les Aliens comptaient rentrer chez eux depuis cette planète …

— Les aliens avaient deux moyens sans doute pour quitter cette planète, enchaîna Ottavio Antonelli, le premier c'est leur vaisseau spatial et le second c'est peut-être une porte qui conduit directement sur leur planète depuis « Silva » …

— A moins que … suggéra miss Pauwels.

— A moins que quoi ? interrogea le capitaine Becker.

— A moins que, dit-elle, malgré les apparences, les *Mohites* sont bien les aliens qui nous intéressent …

— Vous n'êtes pas sérieuse, objecta le professeur Al Jazari.

— Je suis sérieuse professeur, répliqua miss Pauwels avec fermeté, si, par le passé, des aliens ont réussi à s'insérer dans nos sociétés, c'est qu'ils devaient avoir une apparence similaire à la nôtre, sinon, ils auraient été démasqués instantanément, n'est-ce pas ? alors, comme nous n'avons jamais vu à quoi est-ce qu'ils ressemblent physiquement, pourquoi ne pas imaginer que nous sommes face à ces gens ?

Le soldat du temps

— Cela me parait une opinion imaginaire en effet, commenta le professeur Al Jazari. Ces gens, comme vous dites, sont sans aucun doute des humains qui ont été transportés ou déportés ici depuis la Terre, tout concorde avec cette hypothèse, et je ne pense pas qu'ils aient une quelconque accointance avec ces horribles Aliens qui enlèvent des humains pour s'en repaître comme nous l'avons vu dans la vidéo prise dans leur astronef !

— Nous allons pouvoir éclaircir tout cela désormais, interrompit le capitaine Becker, puisque nous sommes ici pour un séjour d'une durée indéterminée.

Le soldat du temps

La petite troupe de terriens avait pris son parti de rester plus de temps que prévu sur la planète *Manuzuki* qu'ils appelaient « Silva ». En premier lieu, ils avaient quitté leur combinaison spatiale pour préférer des vêtements plus pratiques et plus conformes aux températures moyennes enregistrées dans la cité d'*Uruk*. En second lieu, ils avaient abandonné leur nourriture synthétique emmenée avec eux, dont le stock était proche de l'épuisement, pour adopter le régime alimentaire des autochtones.

Au début, ils avaient eu beaucoup de mal à accepter l'idée de manger de la viande issue de l'élevage ou bien de la chasse des *Mohites*, car, depuis très longtemps sur Terre, la consommation de la viande animale avait été proscrite et remplacée par des composés de synthèse. Puis, progressivement, le besoin de protéines avait eu raison de leurs scrupules et ils avaient finalement adopté totalement le mode *mohite* pour leur consommation alimentaire.

D'ailleurs, selon les avis du docteur Tripopoulos et du biologiste Antonelli, les habitudes alimentaires des *Mohites* étaient saines puisque très proches de celles correspondant à un mélange du « régime crétois » et de « l'alimentation d'Okinawa ». Les poissons, les crustacés et les algues avaient une place privilégiée dans leurs menus ainsi que les herbes sauvages, l'huile d'olive, les céréales, les fruits et légumes.

Pour Myriam Tripopoulos, médecin de l'équipe, la santé mentale et physique des populations locales était également excellente et elle avait découvert que leur longévité était bien supérieure à celle des terriens puisque leur âge atteignait l'équivalent de mille années terrestres. Elle avait en effet calculé qu'ils dépassaient largement cent ans d'âge sur une planète où une période annuelle équivalait dix années terrestres. Leur grande taille également avait intrigué les terriens, mais miss Tripopoulos avait remarqué que, d'une part, la gravité locale étant inférieure à la gravité terrestre, et que d'autre part, les satellites lunaires parcourant une trajectoire proche de la planète, cela pouvait expliquer le phénomène après plusieurs millénaires de présence sur « Silva ».

Le soldat du temps

Etant plongé au cœur de la société *mohite*, les « cosmonautes » pouvaient observer leurs hôtes plus directement et même avoir des relations d'amitié avec certains d'entre eux choisis par affinité. C'est ainsi qu'un jeune couple passait beaucoup de temps avec les terriens, il s'agissait de Kir-akam et de son épouse Ya-kijaru qui leur faisaient découvrir la vie des habitants de *ManuzuKi* vue de l'intérieur.

En fait, les *Mohites* avaient des occupations simples et saines, puisque leur temps était essentiellement investi dans l'agriculture mais aussi la pêche et les balades en forêt. Ils vivaient beaucoup en communauté, et il n'était pas rare de voir plusieurs familles se réunir pour un repas du soir, boire une espèce d'alcool de prune et, au final, dans la bonne humeur, chanter accompagné d'un instrument de musique qui ressemblait à une cithare.

Les enfants *mohites* n'étaient pas scolarisés, mais ils étaient pris en charge par les plus anciens qui leur faisait découvrir sous un angle pragmatique les choses de la vie. Les terriens furent surpris de voir qu'apparemment, sans qu'aucune notion ne leur soit explicitement inculquée, les enfants « connaissaient » les règles élémentaires des mathématiques concernant, non seulement l'addition, la soustraction, mais aussi la multiplication, la division, les règles de proportionnalité, ainsi que les principes de base de la géométrie euclidienne.

Entre autres choses, Ottavio Antonelli, le pharmacologue, découvrit avec ravissement la pharmacopée locale, à base uniquement de plantes médicinales. Il eut même l'agréable surprise de voir que les autochtones en connaissaient davantage que la science terrienne sur les vertus médicinales de certaines plantes. Tamara Benitez put vérifier, quant à elle, que les connaissances des *Mohites* au sujet de l'astronomie étaient surprenantes. En effet, ils ne disposaient pas d'instrument sophistiqués d'observation du ciel, mais ils avaient très bien conscience d'habiter une planète parcourant une trajectoire en forme de « huit » autour de deux astres stellaires en une « année ».

La notion du temps leur était pourtant familière malgré l'absence de montres et ils savaient parfaitement apprécier la durée d'une « journée » entre deux « levers et couchers de soleil ». Leurs « horloges » étaient identiques à celles existant sur Terre avant

Le soldat du temps

l'invention de la montre, c'est-à-dire un cadran solaire tout simplement.

Après de nombreux « jours » passés ainsi dans l'intimité des *Mohites*, les terriens furent totalement rassurés sur le fait qu'ils ne pouvaient, en aucun cas, avoir affaire aux ennemis aliens qu'ils recherchaient et qu'ils redoutaient …

Le soldat du temps

Désormais ils étaient totalement intégrés dans la société d'*Uruk*. Habillés comme les autochtones, bronzés aussi comme eux, ils « travaillaient » dur pour gagner leur nourriture et ne pas vivre aux crochets de la population. Ils avaient réussi, non sans mal, à accorder leur horloge biologique interne avec les « journées » interminables de « Silva », planète sur laquelle il ne faisait jamais nuit. Ils calquaient, tant bien que mal, leur biorythme sur celui des autochtones, dont les coutumes en matière de sommeil et d'habitude alimentaire étaient basées sur un cycle qui s'accommodait de cette particularité. Dans la « journée » ils prenaient plusieurs repas simples mais frugaux, avec des fruits et quelques galettes de blé noir, et à la fin du jour, au moment où le coucher d'un soleil croisait le lever de l'autre, ils se réunissaient pour prendre un long repas en commun.

Ils parvenaient, de plus en plus, à assimiler la langue des *Mohites* qui n'était pas aussi difficile qu'elle en avait l'air de prime abord. Cela leur ouvrait de nouvelles perspectives pour communiquer avec leurs hôtes et ils se faisaient comprendre pour exprimer des opinions ou des avis sur les choses essentielles. Ils avaient également adopté la philosophie de vie locale, à savoir, rester « zen » en toutes circonstances et se contenter de peu, pourvu que l'essentiel soit assuré.

Tamara Benitez et Anisha Pauwels revenaient des travaux agricoles lorsque leur attention fut attirée par un petit groupe d'hommes qui semblaient être des maçons sur un chantier, occupés à ériger une nouvelle maison en blocs de pierre. Elles assistèrent alors à une scène qui les laissa totalement stupéfaites, une dizaine d'hommes étaient en train de poser un bloc de pierre sur la partie haute d'un mur. Mais ils ne procédaient pas comme des maçons ordinaires, puisqu'ils ne hissaient pas l'énorme masse avec un engin de levage approprié, mais uniquement en se concentrant, par la force de la télékinésie …

Arrivées sur le lieu habituel où les terriens prenaient tous ensemble leur collation de mi-journée, elles racontèrent leur incroyable histoire, mais aucun des autres ne semblaient convaincus.

— Peut-être avez-vous pris un coup de chaud … railla le capitaine Becker.

Le soldat du temps

> — Mais non … se défendaient les deux jeunes femmes. Tenez !
> voici Kir-akam et Ya-kijaru qui nous rejoignent, nous allons bien
> voir …

A peine les deux *Mohites* étaient-ils assis qu'elles leur demandèrent si ce qu'elles avaient vu était vrai. Les deux autochtones eurent un regard de connivence en souriant et Kir-akam, sans répondre à la question posée, ferma les yeux, se concentra et, soudain, la cruche d'eau qui était au milieu de la table se mit tout seule en mouvement et vint verser l'eau qu'elle contenait dans le gobelet placé devant lui, puis se replaça où elle était initialement.

Ils étaient tous muets d'admiration, les yeux grands ouverts et sous le choc, tandis que les deux *manuzuKiens* éclataient de rire.

> — Il s'agit d'un formidable tour de magie ! s'écria miss Tropoulos.

> — Mais non, pas du tout ! tous les *Mohites* savent faire ça, assura
> Kir-akam, et moi je ne suis pas un artiste dans ce domaine, car je
> ne m'entraîne pas. Les gens que vous avez vus sont des habitués
> et leur pouvoir est bien plus développé que le mien …

> — Et d'où tenez-vous ce don ? questionna Tropoulos la thérapeute.

> — Ce don ? demanda le *manuzuKien,* ce n'est pas un don, c'est une
> aptitude naturelle, nous avons tous cette capacité, plus ou
> moins développée selon qu'elle est cultivée ou non.

> — Et vous avez d'autres … prédispositions naturelles comme celle-
> ci ? interrogea Ottaviano Antonelli.

Les deux *Mohites* eurent un regard complice et se contentèrent de sourire.

Le soldat du temps

Le professeur Al Jazari manifesta sa curiosité auprès de Kir-akam pour la manière dont le savoir des *manuzuKiens* était transmis entre les générations. Celui-ci proposa alors de l'emmener dans l'antre du scribe royal Sîl-Gezen, un endroit qui ressemblait à une vaste bibliothèque. De nombreux scribes étaient en train de transcrire des textes sur un support souple et résistant que le professeur identifia comme étant du parchemin ou bien une sorte de papier grossier.

Sîl-Gezen montra les milliers d'écrits gravés sur des tablettes en argile, héritage du passé amassé dans d'immenses entrepôts qui contenait toute la tradition *mohite* qu'il avait pour mission de conserver et de perpétuer. Le professeur Al Jazari était excité à l'idée de pouvoir découvrir les trésors archéologiques que ces textes devaient renfermer, puisque, manifestement, la race humaine et les peuples de *ManuzuKi* avaient une histoire en commun.

Sîl-Gezen expliqua alors que son office établissait aussi bien des actes privés comme des contrats entre particuliers que des documents administratifs officiels comme les textes de loi, entre autres. Mais la nature artisanale de l'écriture ne se prêtant guère à la duplication des documents produits, la diffusion de certains écrits en grand nombre était difficilement envisageable, chaque exemplaire étant, de fait, un original et était un obstacle au développement du savoir. Le savoir, représenté par le pouvoir de lire et écrire, était un privilège exclusif légué aux scribes, mais Sîl-Gezen confia que cette prérogative pouvait être parfois pesante et qu'il caressait l'espoir de voir, un jour, se généraliser ce savoir au sein même de la population.

Quelque temps plus tard, le professeur Al Jazari revint voir Sîl-Gezen avec un objet que le scribe ne reconnut pas. Le professeur demanda au scribe de lui procurer quelques feuillets servant à écrire et de l'encre. Puis, l'archéologue étala de l'encre sur la face sculptée de l'objet et se servit de celui-ci pour tamponner les feuilles où se trouvaient ainsi imprimés les pictogrammes d'un mot qui inlassablement se répétait : « Sîl-Gezen ». Le scribe, totalement médusé en un premier temps, finit par éclater de rire après avoir compris par quel miracle le professeur avait obtenu aussi facilement la duplication du mot. Un simple morceau de bois sculpté avait suffi pour fabriquer une matrice permettant la répétition à l'infini d'un texte.

— Mais il y a plus astucieux, dit le professeur. Il suffit de disposer de suffisamment de pictogrammes élémentaires, fabriqués en avance, pour composer à volonté tous les textes que l'on souhaite reproduire à partir d'un moule dans lequel les objets sont maintenus solidaires. Puis, avec une presse, il est possible d'imprimer en autant d'exemplaires que l'on veut !

— C'est prodigieux ! s'exclama le scribe. Tu viens de me donner le plus merveilleux des cadeaux ...

— Non, cela n'est rien, ta cause est noble Sîl-Gezen, interrompit le professeur, j'espère que tu vas réussir à éduquer tous tes frères.

Le soldat du temps

Sîl-Gezen, le « scribe royal », venait très régulièrement rendre visite aux terriens car il semblait très préoccupé de leur garantir le meilleur confort. Il était toujours escorté d'un petit groupe d'élèves, les futures scribes, à qui il enseignait « l'esprit des *Mohites* », dont il était l'un des rares détenteurs. Ce jour-là, il fit son apparition à l'heure de la collation et il retrouva tous les terriens regroupés autour d'une grande table en bois, à l'extérieur des habitations, en compagnie de certains autochtones, dont entre autres, Kir-akam et son épouse Ya-kijaru. Il s'adressa au capitaine Becker qu'il avait identifié depuis le début comme étant le chef du groupe :

— On me dit que le chemin que vous avez emprunté pour venir jusqu'ici est fermé, est-ce exact ? demanda-t-il.

— C'est exact, oui malheureusement, répondit le capitaine Becker. Nous espérons trouver un autre moyen pour rentrer chez nous …

— Le chemin des « grottes du feu des enfers » vous est interdit par la déesse *Ereshkigal*, selon votre tradition, et à présent, il est inaccessible pour nous également, compléta le professeur Al Jazari.

— Notre croyance veut que les *Gallus* viennent nous chercher et nous emmènent vers *Nidduki*, le jardin d'Eden sur la planète « Ki », si notre âme est pure, ou bien, dans le cas contraire, vers *Kur*, la terre des Enfers, expliqua le scribe. Peut-être aurez-vous une chance lorsqu'ils reviendront …

— Les *Gallus* sont des démons de la mythologie mésopotamienne appartenant aux Enfers, précisa le professeur Al Jazari.

— Quand reviendront-ils ? interrompit le capitaine intéressé.

— Nul ne peut le prévoir, précisa Sîl-Gezen d'une voix solennelle, mais ils reviendront, soyez-en sûrs.

Après le départ du scribe, le capitaine Becker se tourna vers sa troupe et, à voix basse, il déclara :

Le soldat du temps

— Vous avez entendu ? dit-il, il est à peu près certain que leurs
« Gallus » vont revenir ici. Alors, je n'ai aucune idée de ce à quoi
ils ressemblent ni de leur pouvoir, mais il faut absolument que,
le jour J, nous soyons prêts à dérouler un plan d'action et en
profiter pour partir d'ici. Il faut y réfléchir dès à présent puisque
leur venue peut se produire à tout moment ...

Le soldat du temps

Les sorties en forêt étaient fréquentes et prétextes pour procéder à la cueillette de toutes sortes de produits naturels, comme les fruits exotiques qui poussaient toute l'année sur certains arbres, les champignons dont les *Mohites* étaient friands mais aussi pour relever les pièges ou bien chasser le petit gibier qui pullulait au sein des fourrés denses. Anisha Pauwels et le lieutenant Démétrius Ferreola accompagnaient souvent Kir-akam et son épouse Ya-kijaru avec lesquels ils avaient noué de solides liens amicaux.

Ce jour-là, le professeur Al Jazari était avec eux ainsi que cinq autres autochtones. Ils avaient parcouru une bonne distance depuis *Uruk* en s'enfonçant progressivement au cœur d'une forêt profonde, lorsque, soudain, ils entendirent un cri strident provenant d'un boqueteau où les arbres étaient très grands. Pensant qu'il s'agissait d'un animal, les terriens ne prêtèrent que peu d'attention, alors que les *Mohites* s'étaient arrêtés nets, comme pétrifiés.

> — Nous avons pénétré dans la forêt des cèdres ! et nous avons réveillé *Humbaba*, dit l'un d'eux l'air visiblement affolé.

Devant les regards interrogatifs des terriens, Kir-akam crût bon de préciser :

> — Les forêts de *ManuzuKi* sont fréquentées par de nombreux *Namtarus*, dit-il, et celui-ci est terrible.

> — Les *Namtarus* sont des démons et *Humbaba* est l'un d'eux, un monstre gardien de la forêt des cèdres, tout droit sorti de la mythologie sumérienne, expliqua sereinement le professeur Al Jazari.

Aussitôt, Démétrius Ferreola avait sorti son arme, un pistolet laser, dont il ne se séparait jamais, tandis que les *Mohites* s'étaient agenouillés, résignés, comme attendant leur sort, car on ne lutte pas contre une divinité. Puis, des bruits de branches cassées se rapprochant d'eux, le lieutenant attrapa le bras de la journaliste et, suivi de l'archéologue, ils se cachèrent derrière un gros arbre.

Ce qu'ils alors virent dépassait l'entendement, un géant vaguement hominidé, de trois mètres de hauteur environ, avec des dents

Le soldat du temps

saillantes longues et acérées, une face ressemblant à un gros canidé rappelant la tête déformée et aplatie d'un lion. L'énorme créature paraissait redoutable et poussait de grands cris terrifiants par série de trois en s'avançant vers eux. Ses gros doigts étaient armés d'ongles qui étaient de véritables griffes dépassant de ses mains et ses pieds étaient affublés de serres effrayantes. De sa bouche sortaient des éclairs de feu qu'il dirigeait vers le sol, droit devant lui, comme pour graver à jamais la route qu'il empruntait. A n'en pas douter, le « monstre aux sept fulgurances », c'est ainsi qu'il était décrit dans la mythologie mésopotamienne, pouvait mettre en cendres n'importe quel ennemi en travers de son chemin.

Les *Mohites* avaient le regard baissé en signe de soumission et attendaient passibles que leur sort soit décidé par le monstre tandis que miss Pauwels s'accrochait désespérément au cou du lieutenant.

> — C'est donc ça un *Humbaba*, murmura le professeur Al Jazari impressionné.

> — *Humbaba* ou pas, je vais lui faire son affaire, dit soudain le lieutenant en sortant de la cachette qu'ils occupaient.

Il bondit entre le démon et les pauvres autochtones et tira plusieurs rafales sur la créature avec son arme laser. Le monstre se mit à hurler encore davantage et finit par s'écrouler sous le feu du lieutenant. Il était à terre mais pas totalement hors d'état de nuire. A présent de la bave sortait de sa bouche et ses glapissements emplissaient toute la forêt. Le lieutenant Ferreola vida consciencieusement son chargeur sur la bête au sol qui tentait de se débattre contre les brûlures provoquées par l'arme. Puis, d'un seul coup, il cessa de bouger et, au grand étonnement de tous, *Humbaba* devint une espèce de flaque liquide qui se dissipa rapidement pour disparaître totalement.

Il fallut un certain temps pour qu'ils reprennent leurs esprits et réalisent ce qui venait de se produire en deux minutes à peine. Seul, le lieutenant Ferreola paraissait ne pas s'être départi de son calme. Les *Mohites* le regardaient avec une admiration visible dans leurs yeux.

Le soldat du temps

— Tu es comme *Gilgamesh*, tu as vaincu le *Humbaba*, le gardien de la forêt des cèdres ! déclara Kir-akam en se prosternant devant lui.

— Qui est donc ce *Gilgamesh* ? questionna le lieutenant Ferreola.

— Gilgamesh est un héros de la Mésopotamie antique, roi de la cité d'*Uruk* où il aurait régné vers le troisième millénaire av. J.C., expliqua le professeur Al Jazari. C'est le personnage principal de plusieurs récits épiques, dont le plus célèbre est « l'Épopée de Gilgamesh » qui a rencontré un grand succès durant la Haute Antiquité. Après cet exploit, vous voilà élevé au rang de divinité par les *Mohites* …

— Je trouve qu'il le mérite bien, commenta miss Pauwels avec un air complice. Sans son arme et son sang-froid, nous étions dans un sale pétrin non ?

— Je ne sais pas, répondit le lieutenant avec flegme, moi j'ai eu le sentiment que tout cela n'était pas réel, comme un formidable tour de magie, une scène montée de toute pièce par un illusionniste, n'est-ce pas votre sentiment ?

— Ma foi non, dit le professeur, j'ai eu une grande frayeur et je dois dire que je n'aurai pas su réagir comme vous l'avez fait …

— C'est normal, je suis là pour ça, observa le lieutenant avec modestie.

Ils s'approchèrent de la marque laissée au sol par la créature, alors que les *Mohites* restaient au contraire éloignés. Plus aucune trace solide ne témoignait du spectacle hallucinant auquel ils avaient assisté.

— J'ai d'autant plus le sentiment d'avoir été illusionné que toute marque de ce monstre a disparu, insista le lieutenant. Les faits concordent avec mon impression, vous ne trouvez pas ?

Visiblement sans idée sur la question, le professeur et la journaliste ne purent donner la moindre réponse.

Le soldat du temps

Après une longue marche, ils rejoignirent la cité d'*Uruk* à l'entrée de laquelle, tout près de la statue du griffon, une foule immense les attendait en criant :

— *Gilgamesh … Gilgamesh …*

Ces louanges étaient adressées sans aucune ambiguïté au lieutenant Ferreola, car les *Mohites* se prosternaient sur son passage. Les habitants suivaient en cortège la petite troupe qui revenait de leur randonnée dans la forêt et les acclamations les suivirent dans les rues jusqu'au campement occupé par les terriens. Anisha Pauwels se fit un plaisir de raconter aux autres membres de l'expédition la rencontre qu'ils venaient de faire et du « formidable exploit accompli par le lieutenant ». Elle ne se priva pas de faire un récit allégorique avec quelques exagérations quant aux dimensions du monstre et au danger réel couru par tous les promeneurs. Elle demanda au professeur Al Jazari d'expliquer à nouveau pourquoi les autochtones nommaient le lieutenant *Gilgamesh*. Elle insista également auprès de Kir-akam et Ya-kijaru pour qu'ils relatent l'histoire à la façon perçue par les *Mohites*, ce qu'ils firent avec beaucoup de déférence à l'égard de Démétrius Ferreola.

La péripétie avait fait tellement de bruit dans la cité qu'ils reçurent la visite impromptue de Sîl-Gezen, venu s'assurer que les hôtes n'avaient pas eu à subir des préjudices majeurs. Rassuré par ce qu'il put constater, le scribe crut bon de commenter l'incident par des propos respectueux :

— Les forêts de *ManuzuKi* nous réservent quelquefois des surprises désagréables, dit-il, et nous, *Mohites*, devons accepter notre sort qui est régi par les dieux tels que *Humbaba*. Mais je suis très surpris que l'un d'entre vous, aussi valeureux soit-il, ait pu terrasser le gardien de la forêt des cèdres. Seul *Gilgamesh*, selon nos légendes, avait pu triompher de ce terrible démon … qui êtes-vous donc pour disposer d'un tel pouvoir que celui de vaincre un Dieu ?

— Nous l'avons déjà dit Sîl-Gezen, maintes fois … nous sommes des terriens, répondit le lieutenant Ferreola qui, pour une fois, intervenait dans la discussion directement sans l'accord du capitaine. Et si de simples humains comme nous parviennent à abattre ce monstre, c'est peut-être parce que cette créature n'est pas le dieu aussi terrible auquel fait référence votre légende ...

— Que voulez-vous dire ? questionna le scribe.

— Durant cet affrontement, j'ai eu le sentiment d'être victime d'une illusion, expliqua le lieutenant, et de faire face à un spectacle mis en scène par un magicien. D'ailleurs, comment expliquer que le monstre abattu n'ait laissé aucune trace sur le sol et qu'il se soit évaporé comme de la fumée ?

— Je ne saurais vous dire pourquoi, répondit le scribe surpris d'apprendre la nouvelle, étant donné que, d'ordinaire, les monstres ne meurent jamais en notre présence ...

— Je vais changer de sujet, dit soudain le professeur Al Jazari, mais lorsque nous sommes revenus de la forêt, tous les *Mohites* de la cité d'*Uruk* savaient déjà ce qui s'était passé puisqu'ils criaient à tue-tête *Gilgamesh* ... quelqu'un peut-il me dire comment ils ont été avertis ?

Il y eut un silence gêné de la part des *ManuzuKiens* présents autour des terriens.

— Mais c'est tout à fait exact ! confirma miss Pauwels, tout le monde était informé avant même que nous ne racontions notre aventure, comment cela est-il possible ?

Devant la mine déconfite des *Mohites*, le capitaine Becker crût bon d'intervenir :

— Sîl-Gezen, dit-il, devons-nous déduire de cette remarque que vous, les *Mohites*, êtes télépathes ?

— Oui, finit par admettre le scribe après un moment de réflexion, c'est une prédisposition naturelle chez tous les *Mohites*, nous pouvons communiquer par la pensée ...

Le soldat du temps

— Et vous pouvez lire dans nos pensées ? demanda prestement miss Tropoulos, devançant ainsi la question que tous les terriens se posaient.

— Non, nous pouvons recevoir seulement ce que les autres veulent bien émettre, répondit le scribe. Il est possible que certains d'entre vous, terriens, possèdent une telle prédisposition et qu'il suffise de la travailler pour qu'elle se révèle …

— Et pourquoi nous l'avoir caché ? insista le capitaine Becker.

— Nous ne savions pas à qui nous avions à faire, avoua calmement le scribe, et lorsque vous êtes arrivés d'on ne sait où, nous avons convenu entre nous de ne rien dire, par crainte …

— Par crainte de quoi ? de qui ? questionna le capitaine.

— Par crainte que vous ne soyez des esprits maléfiques, répliqua le scribe. A présent nous savons que vous n'êtes pas des êtres malfaisants et que nous pouvons avoir confiance en vous …

Le capitaine allait relancer la conversation sur ce sujet lorsqu'une rumeur bruyante parcourut la cité toute entière et parvint jusqu'à eux. Tous les habitants d'*Uruk* avaient envahi les rues et pointaient leurs doigts en regardant le ciel. Les terriens virent alors un point minuscule qui descendait sur l'horizon et qui venait dans leur direction en grossissant à vue d'œil. C'était, à n'en pas douter, un astronef qui amorçait lentement sa descente vers le sol de la planète *ManuzuKi*.

— Les *Annunaki* sont de retour ! lâcha laconiquement Sîl-Gezen.

— Les *Annunaki*, précisa le professeur Al Jazari, c'est ainsi que les sumériens nommaient certains de leurs dieux.

Le soldat du temps

X - Les « dieux venus du ciel »

L'Assemblée des Sages était réunie dans la grande salle du conseil, sobrement meublée et décorée de tableaux de peinture accrochés aux immenses murs et dont le style pouvait être assimilé à de l'abstrait. Le Président Elui-Laza était perché sur une estrade, en compagnie de ses quatre assesseurs, et faisait face à l'assemblée venue en masse pour la circonstance exceptionnelle qu'était le retour des dieux !

La plupart des participants étaient assis sur des sièges en bois, mais étant donné l'assistance nombreuse, certains devaient rester debout dans le fond de la salle. Elui-Laza était un homme très grand et sec, avec une barbe fournie et il paraissait avoir un flegme inébranlable. Au premier rang on pouvait reconnaître le scribe royal Sîl-Gezen, aux côtés des autres dignitaires de la cité d'*Uruk*, également scribes pour la plupart d'entre eux. Dans le fond de la salle était massée la foule des curieux venus assister aux débats. Parmi eux, on trouvait les neuf terriens, invités de marque, qui découvraient la première réunion de l'Assemblée des Sages depuis leur arrivée. Kir-akam et son épouse Ya-kijaru, comme presque toujours, accompagnaient ces derniers.

— La séance est ouverte ! hurla le Président pour se faire entendre au milieu du brouhaha ambiant.

Aussitôt, la grande salle fut envahie d'un silence de cathédrale qui témoignait de la gravité du moment. Puis, Elui-Laza prit à nouveau la parole :

— Mesdames et messieurs, dit-il d'une voix solennelle, vous n'ignorez pas que les dieux sont revenus et que nous devons procéder à la "sélection". Mais auparavant, je vous demande de saluer Ewe-Alawo, qui nous a fait l'amitié de venir de *Lagash*, où il occupe le rang de scribe royal ...

Le soldat du temps

La salle toute entière résonna durant quelques secondes d'une tonalité grave en signe de bienvenue. Ewe-Alawo était un homme de taille moyenne en comparaison de ses congénères, légèrement bedonnant mais doté d'une aisance gestuelle que l'on remarquait dès lors qu'il bougeait.

— Merci mes amis, dit-il en se levant, soyez choisis des Dieux !

— Mais quelle est donc cette "sélection" des dieux ? chuchota Anisha Pauwels à l'oreille de Ya-kijaru.

— Attends, tu vas comprendre, murmura la *manuzuKienne* sans plus de détail.

— Les plus jeunes ici ne savent peut-être pas, reprit le Président Elui-Laza, mais la venue des Dieux est toujours le moment de faire un choix … le choix de ceux d'entre nous qui auront la chance d'être les élus du prochain voyage … ils pourront se réjouir d'être choisis à condition bien sûr que leur destination soit *Nidduki*, le jardin d'Eden … si leur âme est pure … sinon …

La salle restait silencieuse pour marquer le respect dû au président en attendant la suite de la procédure.

— Comme à chaque venue des *Annunaki*, poursuivit le Président Elui-Laza, ceux d'entre vous qui se sentent suffisamment en confiance pour espérer être sélectionnés et avoir droit au voyage vers le *Nidduki*, auront l'occasion de se porter volontaire dès demain à *Lagash* …

A cet instant précis, une voix se fit entendre du fond de la salle, tandis que le lieutenant Démétrius Ferreola se levait brusquement de son siège pour s'adresser au président :

— Monsieur le Président, le *Nidduki*, le jardin d'Eden n'existe pas ! dit-il haut et fort.

Une intense rumeur de désapprobation parcourut toute la salle, témoignant ainsi, à la fois, de l'insolence de l'interruption du président et de l'ineptie des propos tenus. D'un geste de la main le président

Le soldat du temps

Elui-Laza obtint à nouveau le silence et jeta un regard bienveillant sur le terrien :

> — Cher ami, dit-il, vous êtes celui que l'on surnomme *Gilgamesh* n'est-ce pas ? celui qui a terrassé *Humbaba*, le gardien de la forêt des cèdres … et qui prétend ne pas être un dieu …

> — Oui, monsieur le Président, concéda le lieutenant d'une voix redevenue déférente.

> — Pourquoi osez-vous prononcer un tel blasphème ? demanda Elui-Laza. Que savez-vous de nos traditions religieuses vous qui prétendez venir de « Ki » ?

> — Nous venons de la planète Terre en effet, celle que vous apelez « Ki », répliqua Ferreola d'une voix haute et claire pour être entendu de tout le monde, et je ne sais pas si ce que vous appelez *Kur*, la terre des Enfers, existe, mais ce dont je suis certain, c'est que votre *Nidduki*, votre jardin d'Eden, n'est pas sur Terre … ou bien alors peut-être était-ce il y a longtemps, mais aujourd'hui, je puis vous assurer que cette planète, où vous vivez et que vous nommez *ManuzuKi*, est bien plus agréable que « Ki » !

Le murmure désapprobateur prenait de l'ampleur, mais le président calma tout le monde d'un geste de la main :

> — Et que croyez-vous que les *Annunaki*, les dieux, viennent faire chez nous ? interrogea le président.

Le lieutenant Ferreola sortit alors d'une poche un petit objet qu'il manipula prestement, tout en ignorant le regard furieux du capitaine Becker. En un éclair, une image holographique fut projetée aux quatre coins de la salle, sur chaque mur, en grand format, de sorte que tout le monde puisse la voir.

L'assistance fut secouée d'une rumeur d'effarement, signe que les *manuzuKiens* n'avaient jamais vu une image en trois dimensions.

La vidéo montrait tout d'abord la structure immense d'un vaisseau spatial dans l'espace, en tous points semblable à celui qui s'était posé

Le soldat du temps

un peu plus tôt sur *ManuzuKi*. A l'intérieur, les soutes du cargo s'ouvraient et l'on voyait défiler des images de plantes exotiques avec des fleurs de toutes tailles et de toutes couleurs provenant de mondes mystérieux. Certaines salles renfermaient également des arbres gigantesques, conservés dans leur intégrité, qui semblaient être originaires de la planète « Silva ». Puis, la scène projetée cloua sur place l'assistance. Des milliers de cadavres humains étaient conservés dans un énorme frigo, pendus par les pieds, et emballés dans des sacs transparents. On pouvait identifier des hommes, des femmes et même des enfants, de tous âges, de toutes races et de toutes origines.

La fin de la projection resta figée sur cette dernière image.

— Voilà ce que viennent chercher vos Dieux ! déclara le lieutenant Ferreola avec vigueur, ces images répondent-elles à votre question ?

Un murmure d'effroi remplit la salle, puis, un grand silence s'installa, comme si les spectateurs voulaient rendre un dernier hommage à ces victimes inconnues. Ewe-Alawo, le scribe de *Lagash*, visiblement ému, se leva et s'adressa au lieutenant :

— Ces images sont-elles réelles, demanda-t-il, ou bien es-tu un habile magicien manipulateur ?

— Je confirme que ces images correspondent bien à des faits réels, jugea bon d'intervenir le capitaine Becker, et qu'elles ont bien été enregistrées sur Terre, il y a longtemps … ceux que vous considérez comme vos dieux sont venus chez nous aussi pour emporter certains d'entre nous, et comme vous avez pu le voir, ça n'était pas pour les emmener dans le jardin d'Eden …

Il y eut à nouveau un mouvement d'indignation dans la foule, puis un geste du président ramena le calme.

— A présent, nous vous devons la vérité sur le pourquoi de notre présence, poursuivit le capitaine. Nous sommes venus ici pour obtenir le maximum de renseignements sur les êtres maléfiques que vous appelez *Annunaki* et que vous vénérez …

A nouveau un vaste brouhaha secoua la salle.

Le soldat du temps

— Après qu'ils aient tenté de renverser les autorités de notre planète, mais succès, continua Becker, nous avons réussi à capturer l'un de leurs astronefs, celui que vous avez vu en image. Les derniers survivants *Annunaki* qui étaient chez nous et qui ont voulu quitter la Terre par le chemin que nous avons emprunté ont été arrêtés et abattus ...

La salle fut à nouveau secouée d'une vaste rumeur de stupeur.

— Nous avons suivi le même chemin qu'eux en pensant arriver sur leur planète et c'est ce qui nous a conduits ici sur *ManuzuKi*, termina le capitaine Becker.

— Si l'on en croit vos images et votre thèse, observa Ewe-Alawo, les *Annunaki* sont des prédateurs qui viennent sur *ManuzuKi* depuis des siècles pour enlever nos frères et nos sœurs comme si nous étions du bétail, c'est cela n'est-ce pas ?

— Oui, absolument ! confirma le capitaine, car vous êtes, vous aussi des humains, tout comme nous.

— Comment peut-on imaginer cela ? questionna le scribe de *Lagash*, comment peut-on admettre que les fondements même de nos croyances sont basés sur de tels mensonges ?

— Réveillez-vous et révoltez-vous mes amis ! lança le lieutenant Ferreola de sa voix haute et claire, il est grand temps que vous fassiez cesser cette emprise sur votre peuple de la part de ces êtres malfaisants et qui dure depuis des millénaires !

— Je ne puis me résoudre à accepter cette version ... déplorait le scribe Ewe-Alawo.

— Je suis aussi affligé que toi par cette nouvelle mon frère, intervint le scribe royal Sîl-Gezen, et cela nous touche plus particulièrement, nous les scribes, car nous sommes chargés de perpétuer ces coutumes ...

— Mais je suis plutôt enclin à croire les terriens, poursuivit-il, non seulement parce que les images sont probantes, mais aussi parce que les terriens ont des pouvoirs divins, avec des

Le soldat du temps

fulgurances bien supérieures à celles de *Humbaba*, et que depuis *Gilgamesh*, *Uruk* n'avait pas eu de guide plus puissant que ces terriens … et l'opportunité est unique …

— Nous devons en décider entre nous, interrompit le président Elui-Laza. Que le public évacue la salle ! seuls les membres permanents de l'Assemblée des Sages vont délibérer !

XI - LA RÉVOLTE DES *MOHITES*

On entamait une nouvelle « journée », ce moment où un astre se couchait tandis qu'un autre se levait, et de nombreux *Mohites* étaient rassemblés près du fleuve *Arkélaos*, là où le point de rendez-vous avait été fixé.

Le capitaine Becker avait motivé ses troupes et ordonné de plier bagages en prenant tous les équipements qu'ils pouvaient emmener avec eux, sans oublier leurs scaphandres, les kits d'oxygène et leurs armes. Ils arrivèrent sur les rives du fleuve et purent observer le ballet des pirogues, affrétées par les *manuzuKiens*, qui, chacune, chargeait une vingtaine de passagers.

Sur les conseils de Sîl-Gezen, les terriens se séparèrent en deux groupes pour embarquer sur des barques distinctes. Le voyage jusqu'à *Lagash* dura un certain temps car, étant donné le peu de courant sur le fleuve, les navires avançaient uniquement grâce à la force des bras des pagayeurs.

Lagash Etait une grande cité, bien plus importante qu'*Uruk,* et c'était le lieu où se trouvait le vaisseau des *Annunaki*. Les *manuzuKiens* intéressés par la « sélection » étaient invités à s'y rendre. Ils provenaient de toutes les provinces, bien décidés à faire partie des « heureux élus », sauf les *Mohites* qui, pour une fois, avaient des intentions toutes autres. Cependant, la décision de l'Assemblée des Sages d'*Uruk* n'avait pas été ébruitée, par crainte que les Aliens ne soient prévenus de ce qui se tramait.

Arrivés à quelques encablures du lieu de rassemblement, les pirogues transportant les terriens accostèrent en amont pour débarquer les membres de la mission « Djoser-one », ainsi que Kir-akam et Ya-kijaru, sa femme.

Le soldat du temps

Le capitaine Becker avait pris la tête du petit commando et ils progressaient sans un mot en direction du vaisseau spatial, jusqu'à parvenir tout près de la clairière où s'était posé l'énorme navire des extraterrestres. De l'endroit où ils étaient cachés, ils pouvaient voir sous leurs yeux s'opérer la « sélection ». Devant l'astronef, dont une porte abaissée touchait le sol en guise de rampe d'accès, telle une grande bouche béante, se tenait une longue file d'attente formée de plusieurs centaines de *manuzuKiens* silencieux. Deux créatures procédaient au « tri », en séparant les « heureux élus », invités d'un geste à rejoindre l'intérieur du transporteur, des indésirables qui étaient renvoyés chez eux sans ménagement.

Becker attendait le signal qui devait être donné par un groupe de *Mohites* qui se prêtaient au cérémonial de la sélection dans le but de s'approcher au plus près des deux Aliens. Aux côtés du capitaine, le sergent des Marines Sergei Kuznetsov tentait de localiser les autres créatures à l'aide de lunettes spéciales.

— Je vois deux Aliens de plus, chuchota-t-il, mais je ne peux assurer qu'il n'y en a pas d'autres, étant donné qu'une partie du théâtre d'opération est masqué … et combien sont-ils dans le vaisseau ? impossible de le savoir …

— De toutes les façons, nous n'avons pas le choix, murmura le capitaine Becker, Kuznetsov vous couvrirez le flanc gauche, tandis que De Cruz protègera les civils jusqu'au bâtiment. Vous Ferreola, vous entrez dans l'appareil et vous faites le ménage, moi je me charge des deux clowns …

A cet instant, Kir-akam leva le pouce pour signifier qu'il avait reçu le signal et que l'opération pouvait commencer …

— Go, go, go … lança Becker, tout le monde sait ce qu'il a à faire, on bouge de là, c'est parti !

L'engagement fut bref mais violent et meurtrier. En effet, en un court instant, à partir du signal et de l'ordre d'attaque donné par le capitaine, les protagonistes se livrèrent un combat sans merci. On vit tout d'abord une centaine de *Mohites*, qui patientaient jusque-là dans

Le soldat du temps

la queue avec les autres, se mettre en arc de cercle et se concentrer pour agir, à distance par télékinésie, afin de neutraliser les Aliens.

Les *Annunaki*, d'abord surpris par un mouvement qu'ils n'avaient pas anticipé, ne tardèrent pas à réagir. Disposant d'une arme de poing, de petite taille, qui lançait de petites balles explosives, leur riposte fut particulièrement meurtrière. Le reste des *manuzuKiens*, pour la plupart affolés par le cours des événements, se mirent à courir dans tous les sens, malgré les messages télépathiques de leurs frères *mohites*. Ne sachant pas d'où venait l'attaque, les *Annunaki* tiraient dans toutes les directions, causant ainsi de nombreuses pertes parmi les autochtones paniqués.

Comme annoncé par le capitaine Becker, le sergent Sergei Kuznetsov, des forces spéciales des Marines, se mit à courir en direction du flanc à la gauche de l'astronef, la partie qu'il n'avait pas pu observer et qui devait être occupée par quelques Aliens. Au passage, il avait en ligne de mire l'un des Aliens qu'il avait repéré à la jumelle et il le cloua sur place d'une rafale de son arme laser. Caché derrière un gros tronc d'arbre, il attendit de voir un ennemi bouger dans la zone qu'il n'avait pas encore explorée. Il ne tarda pas à voir apparaître un Alien qui se dirigeait vers lui en tirant des rafales de balles explosives sur les autochtones en fuite. Lorsqu'il fut à proximité de lui, Kuznetsov se découvrit et tira sur lui à bout portant avec son fusil laser. L'extraterrestre fut mortellement atteint et glissa à terre, hors d'état de nuire, pour aussitôt se transformer en un liquide visqueux, en faisant une flaque noirâtre sur le sol.

Le lieutenant Démétrius Ferreola, de la Royal Air Force, parcourut rapidement la distance qui le séparait de la porte du vaisseau spatial, puis, arrivé à quelques dizaines de mètres, il visa l'un des Aliens qui se trouvait en faction devant l'astronef. Le corps de la créature fut zébré par la décharge de l'arme laser et fut découpé par la puissance du tir. Il fit alors un signe au sergent Colby De Cruz, de la Légion étrangère française, qui emmenait avec lui les cinq civils accompagnés de Kir-akam et Ya-kijaru, afin que ceux-ci se rapprochent de lui.

Quant au capitaine Becker, il avançait droit devant lui en direction des deux Aliens qui avaient orchestré le tri des *manuzuKiens*. Gêné par ces

Le soldat du temps

derniers qui couraient dans tous les sens, il ne pouvait faire usage de son arme et, autour de lui, il dut déplorer de nombreuses victimes qui, pour certaines et involontairement, le protégeaient du tir ennemi. Arrivé enfin à proximité des deux Aliens visiblement handicapés par l'action des *Mohites* télépathes, il les abattit d'une rafale de son arme laser, la puissance étant réglée à son maximum. Instantanément, il put voir se liquéfier les corps de ses adversaires et lorsqu'il parvint à leur hauteur, ce fut pour constater qu'il ne restait qu'une flaque noire humide sur le sol, et rien d'autre.

Lorsque le sergent De Cruz et ses protégés arrivèrent tout près de la porte du vaisseau, un Alien sortit brusquement de l'astronef en courant et hurlant, tout en tirant de longues rafales de balles explosives avec son arme. Le militaire de la Légion n'eut aucune hésitation, il se mit en travers du chemin de l'extraterrestre, le visa et le tua net. Malheureusement, l'Alien eut encore le temps de lâcher une dernière rafale qui toucha la petite troupe de terriens. De Cruz fut touché gravement et les autres furent durement commotionnés, mais Ya-kijaru, la compagne de Kir-akam ne survécut pas à ses blessures.

Pendant ce temps, le lieutenant Ferreola était entré dans l'appareil pour constater que, outre des *manuzuKiens* qui ressortaient choqués et hébétés de l'astronef, il semblait ne plus y avoir d'Aliens à l'intérieur. Il parvint rapidement jusque dans la salle de pilotage et il découvrit, stupéfait, qu'un extraterrestre était assis sur son siège, apparemment sans opposer de résistance. Lorsque l'Alien vit Ferreola pointer son arme sur lui, il fit un geste de la main et s'exclama en sumérien :

— Non, ne me tuez pas ! je ne suis pas armé ...

Ferreola fut surpris par l'attitude de l'Alien et pensa un instant qu'il s'agissait d'un piège, d'autres créatures pouvant être encore présentes dans le navire. Les autres terriens ne tardèrent pas à le rejoindre, à l'exception de Myriam Tripopoulos qui s'occupait du sergent De Cruz et d'Ottavio Antonelli encore sous le choc des balles explosives, et il leur fit un geste pour rester en alerte et silencieux. Le sergent Kuznetsov et le capitaine Becker prirent le temps de visiter le vaisseau alien pour s'assurer qu'il n'y avait plus aucun danger. Après une longue recherche minutieuse, ils déclarèrent qu'ils n'avaient pas vu d'autres extraterrestres.

Après la tempête, le calme revint peu à peu sur le champ de bataille et ce fut alors l'heure du bilan. Malheureusement, le sergent De Cruz ne put être sauvé malgré les soins apportés par Myriam Tripopoulos, le médecin de l'équipe. On comptait une cinquantaine de morts du côté des *manuzuKiens*, dont Ya-kijaru, ainsi qu'une centaine de blessés. Les *Annunaki* avaient perdu six membres et l'un d'eux avait été fait prisonnier.

Ibazywo-Xaamavï, le scribe royal de la cité d'*Eridu*, s'approcha alors de la communauté des *Mohites* et s'adressa à Sîl-Gezen :

> — Quelle est la raison de cette attaque sournoise à l'encontre des *Annunaki* ? demanda-t-il furieux. Et qui sont ces personnes belliqueuses qui osent s'en prendre à nos dieux ?

Le scribe royal d'*Uruk*, Sîl-Gezen, eut toutes les peines du monde pour faire entendre les raisons pour lesquelles le peuple des *Mohites* avait décidé de se révolter contre les *Annunaki*. Mais, devant le sentiment d'incrédulité et de colère de la part de la plupart des *manuzuKiens*, Ewe-Alawo, le scribe royal de *Lagash*, qui avait participé à l'Assemblée des Sages, se présenta devant eux avec, dans ses bras, un *manuzuKien* mort égorgé, enveloppé dans un sac plastique transparent.

> — Voici Weyvi-ky, dit-il, il était l'un de mes amis, qui aspirait à rejoindre le *Nidduki*, et je l'ai retrouvé dans la soute du navire des *Annunaki*. Il est entré dans le vaisseau parmi les premiers et ils l'ont tué, comme tous ceux qui avaient été les « heureux élus » du jour …

Un lourd silence plana sur le petit groupe de *manuzuKiens* qui tentait de comprendre la logique de ces événements inconcevables.

> — C'est grâce aux terriens qui ont attiré notre attention sur les véritables intentions des *Annunaki* que nous avons décidé d'agir, poursuivit Ewe-Alawo. Et c'est également grâce à leurs armes fulgurantes que le combat a tourné en notre faveur. Sans eux, nous n'aurions jamais pu nous débarrasser de ces êtres

Le soldat du temps

malfaisants qui ont abusé de notre confiance et profité de notre naïveté durant des millénaires. Mais, dorénavant, les choses seront toutes autres !

La conviction de Sîl-Gezen et d'Ewe-Alawo fut alors suffisante pour convaincre l'ensemble des peuples de *Manuzuki* qu'il était temps en effet de se défaire de ces vieilles traditions et de l'emprise des *Annunaki* sur leur destin.

XII - L'EXTRATERRESTRE

A présent, l'immense clairière où s'était posé l'astronef alien grouillait de monde, puisque la nouvelle de cet affrontement exceptionnel et inimaginable avait fait le tour de la planète *ManuzuKi*. Tout le monde était venu admirer ces terriens que l'on comparait à *Gilgamesh* et contempler les lieux qui allaient, sans nul doute, rester dans les mémoires. Les uns pleuraient leurs morts tandis que les autres célébraient leur victoire, mais tous avaient conscience que, désormais, l'avenir des peuples de *ManuzuKi* ne serait plus le même.

A l'exception du sergent Kuznetsov, qui était chargé de surveiller le prisonnier, tous les terriens se trouvaient réunis autour de leurs amis *manuzuKiens*. Un dernier hommage fut rendu aux victimes de l'assaut avec une ferveur toute particulière pour le sergent Colby De Cruz, militaire de la Légion étrangère française, « l'ours des Carpates », premier combattant humain tombé sur un sol extraterrestre, pour lequel fut réservée une sépulture de scribe royal, suprême honneur voulu par les *Mohites*. Ya-kijaru, la compagne de Kir-akam, fut également traitée dignement, comme une combattante.

L'heure des adieux était arrivée car, après de longues journées passées auprès de leurs hôtes, les terriens étaient sur le point d'embarquer dans l'astronef avec armes et bagages et de les quitter. Le capitaine Becker fit une brève allocution pour saluer une dernière fois Sîl-Gezen et le peuple *mohite* pour son extraordinaire sens de l'hospitalité.

— Nous tenons à vous remercier chaleureusement pour votre accueil, dit-il, nous n'oublierons jamais ces moments passés à vos côtés.

— Nous sommes tristes, mes amis, de vous voir partir, répondit le scribe royal, et nous n'avons pas encore totalement conscience de ce que nous vous devons, car, sans aucun doute, votre venue changera pour toujours nos destinées ...

Ce fut alors l'occasion de se serrer les mains, usage, il est vrai, d'ordinaire peu apprécié des *manuzuKiens*, mais qui, pour une fois, se livrèrent à ces manières terriennes de se congratuler, par respect de leur tradition. On put voir également quelques larmes dans les yeux d'Anisha Pauwels et de Tamara Benitez. Puis, soudain, Kir-akam prit la parole, lui que l'on n'avait que très peu vu ni entendu depuis le début des opérations.

— Maître, dit-il en se tournant vers Sîl-Gezen, après la perte de Ya-kijaru, ma femme, je n'ai plus le goût de rester sur *ManuzuKi*, puis-je accompagner les terriens dans leur aventure ?

Surpris par cette déclaration imprévue, le scribe royal hésita un instant avant de répondre :

— Si les terriens l'autorisent, je suis d'accord, dit-il.

Les regards étaient à présent tournés vers le capitaine Becker. Celui-ci fit une grimace explicite :

— Notre aventure risque d'être très périlleuse, Kir-akam, prévint-il, tout le contraire d'une partie de plaisir, y compris pour vous ...

— Je crois que Kir-akam est parfaitement conscient des dangers qu'il court, interrompit sèchement Anisha Pauwels. C'est une façon de rebondir dans la vie, après la perte de sa femme, on ne peut lui refuser cela.

— Bon, eh bien dans ce cas ... puisque tout le monde est prévenu, concéda le capitaine, je suis d'accord.

Le soldat du temps

La petite troupe était rassemblée dans le poste de pilotage de l'astronef et le sergent Kuznetsov tenait toujours l'extraterrestre sous la menace de son arme. A présent que le calme était revenu, l'Alien faisait l'objet de toutes les curiosités. C'était une créature qui paraissait étrange avec des bras immenses, comme ceux d'un Gibbon, mais il n'était pas poilu. Sa peau était d'une couleur brune, hormis le visage qui était de couleur claire, comme celui d'un hominidé, avec de grands yeux exorbités et de petites oreilles. Il portait une sorte de combinaison d'aspect métallique qui paraissait être davantage une tenue de pilotage, plus qu'un uniforme.

Le capitaine Becker s'approcha et s'adressa à lui en sumérien :

— Nous sommes au complet, dit-il, nous pouvons décoller.

— Où allons-nous ? demanda la créature d'une voix rauque.

— Direction la Terre ! s'exclama la capitaine avec un air satisfait.

L'Alien resta sans broncher jusqu'à ce que le sergent braque son arme en criant :

— Exécution ! sale macaque, aboya-t-il, à la moindre incartade je te fais sauter le caisson !

L'Alien manipula quelques commandes et un léger bruit venant de l'extérieur indiqua que le vaisseau fermait les ouvertures et se préparait au décollage. Kir-akam prit place à côté du pilote et examina avec soin toutes les manœuvres opérées par celui-ci.

— Avez-vous un nom ? demanda Anisha Pauwels.

— Oui, répondit l'Alien dans un sumérien impeccable et surpris que l'on s'intéresse à lui, je me nomme Akkar-Dar-Arka, je viens de la planète *Nogor'h*, celle que les *manuzuKiens* appellent *Kur* et j'appartiens au peuple des *Jins*.

Ils sentirent que le vaisseau se mettait à vibrer légèrement, tandis qu'un épais nuage de poussière voltigeait tout autour. Puis, l'énorme carcasse se mit à bouger, à s'élever, d'abord très doucement, et bientôt le mouvement s'accéléra.

Le soldat du temps

— Par mesure de précaution, veuillez-vous asseoir et attacher vos ceintures, marmonna la créature, les conditions de vol peuvent rapidement changer.

— Ne vous avisez pas à faire l'idiot ! prévint le capitaine Becker, je vous ai à l'œil.

Tous prirent place dans des fauteuils disposés près des hublots et se plièrent aux indications du pilote en attachant leur ceinture. Ils pouvaient voir la planète *ManuzuKi* sous un angle inhabituel ainsi que le grand fleuve *Arkélaos* lézarder au milieu des vastes plaines, et les villes d'*Uruk* et *Lagash* qui bordaient le plan d'eau, mais ils n'avaient pas le cœur à faire du tourisme. A présent l'astronef franchissait l'épaisse couche nuageuse et il accélérait encore jusqu'à ce qu'il prenne sa vitesse de croisière et qu'il soit aspiré par l'espace intersidéral.

Le soldat du temps

Les passagers étaient de nouveau libres de leurs mouvements et sans se donner le mot, ils approchèrent naturellement de l'extraterrestre, sans doute curieux et fascinés par cette créature intelligente venue d'une autre planète, autour de laquelle ils se rangèrent en arc de cercle. En effet, les *manuzuKiens*, malgré leurs caractéristiques physiques, étaient trop proche des humains pour provoquer une attirance similaire.

Ce fut le professeur Al Jazari qui éprouva le premier l'envie de satisfaire sa curiosité :

— Parlez-nous de votre civilisation, dit-il, comment est-elle organisée ? quelles étaient vos relations avec les *manuzuKiens* ? depuis combien de temps avez-vous investi la Terre ? avez-vous rencontré dans la galaxie d'autres civilisations aussi avancées que la vôtre ?

— Cela fait beaucoup de questions à la fois, non ? remarqua le *Jin*, avec une grimace que l'on pouvait prendre pour un sourire. Mais je vais essayer d'y répondre …

— La société des *Jins*, poursuivit-il, est composée de deux groupes très différents, les uns font partie de ce que vous appelleriez l'aristocratie et les autres, la plus grande partie d'entre nous, sont des citoyens lambda. Seuls les aristocrates, qui constituent la caste supérieure, peuvent occuper les postes politiques réservés à la classe dirigeante, les autres occupent des fonctions subalternes. Il s'agit d'un clivage sociétal qui est issu d'une tradition vieille de plusieurs millions d'années …

— Quoi ? s'écria Anisha Pauwels, votre civilisation est donc si vielle que cela ? mais vous, quel âge avez-vous alors ?

— Si je compte en années terrestres, je viens d'entrer dans mon 21ième millénaire d'existence, répondit-il, et mon espérance de vie est d'environ de 50 à 60.000 ans !

Les terriens se regardaient abasourdis par ce qu'ils venaient d'entendre.

Le soldat du temps

— Mais comment est-ce possible ? s'exclama Myriam Tripopoulos, le médecin de l'équipe. Cela dépasse notre entendement !

— Je sais que cela peut vous paraître incroyable, dit-il, puisque votre espérance de vie dépasse à peine la centaine d'années terrestres. Mais, nous sommes devenus, au fil du temps, des experts en manipulation génétique, y compris sur notre propre hérédité. Nous avons obtenu ainsi un vieillissement progressif de notre organisme avec l'expérience acquise et consolidée durant des centaines de millénaires. Notre but ultime est de nous débarrasser de notre enveloppe corporelle …

— Se débarrasser de l'enveloppe corporelle ? C'est incroyable en effet ! s'extasia Myriam Tripopoulos.

— Nos relations avec les *manuzuKiens* sont très anciennes puisque je peux dire que c'est nous qui avons créé artificiellement ce peuple, enchaîna-t-il en se tournant vers Kir-akam. En effet, il y a environ vingt mille ans, nous avons transféré un groupe de terriens sur la planète *ManuzuKi*, qui était alors inhabitée, dans le but de disposer d'une ressource supplémentaire …

— Que faut-il entendre exactement par « ressource » ? interrompit le professeur Al Jazari.

— J'ai simplement dit « ressource supplémentaire », se défendit le *Jin*, prenez-le dans le sens qu'il vous plaira. Nous avons modifié leur ADN pour qu'ils vivent plus longtemps, puis pour qu'ils aient une plus grande taille ainsi que de meilleures défenses immunitaires. Depuis le début, nous apparaissons à leurs yeux comme des dieux, alors nous n'avons rien fait pour les en dissuader …

— Et votre implantation sur la Terre ? demanda le professeur Al Jazari.

— Nous avons établi notre première colonie sur Terre à *Eridu*, puis nous avons créé *Lagash*, *Ur*, *Uruk*, *Kish*, etc., poursuivit-il, il y a très longtemps, plusieurs dizaines de milliers d'années …

Le soldat du temps

— Plusieurs dizaines de milliers d'années ? répéta le professeur Al Jazari qui n'en croyait pas ses oreilles.

— Oui, bien sûr, confirma l'Alien, puis, plus tard, nous avons trouvé une « porte de l'espace » sur le site de Sakkarah, en Egypte, à l'emplacement de la pyramide de Djoser, c'est sans doute celle-ci que vous avez utilisée pour venir sur *ManuzuKi*. Nous avons alors colonisé le peuple égyptien, qui est fier et courageux, et nous avons pris l'apparence de leurs dieux pour mieux les contrôler et les soumettre à nos volontés …

— Malheureusement, il y a moins de dix mille années terrestres, le glissement des plaques tectoniques dans le sous-sol de la Méditerranée, continua-t-il, a provoqué un vaste raz de marée qui a inondé les terres de Basse Mésopotamie où nous étions installés, faisant un grand nombre de victimes parmi les terriens qui travaillaient pour nous. C'est pourquoi nous avons décidé de prélever un nombre important de *manuzuKiens* pour repeupler cet endroit qui avait été dévasté …

— Est-ce que cette catastrophe a quelque chose à voir avec le Déluge ? questionna le professeur Al Jazari.

— Probablement oui, répondit la créature, puisque ces inondations ont été destructrices d'une grande partie de cette région. Et c'est à peu près à cette époque qu'un autre cataclysme, d'origine volcanique, a secoué notre propre planète *Nogor'h*, *Kur* si vous préférez comme l'appelle les *manuzuKiens*, et que nous avons dû repartir en abandonnant nos colonies …

— Pourquoi avoir organisé la pluie de météorites qui a saccagé la Terre, il y a cent cinquante ans ? interrogea Anisha Pauwels.

— Nos dirigeants ont estimé que la race humaine avait fait d'énormes progrès technologiques, et cela beaucoup plus vite que nous ne l'avions anticipé, expliqua le *Jin*. Alors, ils ont décidé de tenter de faire régresser votre civilisation de plusieurs siècles en arrière. Mais cela a été un échec ! il semblerait que nous nous y sommes pris trop tard et mal, puisque nous avons même perdu un vaisseau spatial comme celui-ci !

Le soldat du temps

— Combien de civilisations avez-vous rencontré, demanda à nouveau le professeur Al Jazari. Etaient-elles aussi avancées que la vôtre ?

— Nous avons exploré de nombreuses planètes dans la galaxie, où la vie est possible, répondit l'Alien, et la plupart ne sont pas habitées, enfin, je veux dire par des créatures intelligentes, même si certaines abritent des formes de vie embryonnaires. Sur quelques-unes, les bactéries et les virus pullulent et ils sont d'une dangerosité extrême. Au final, nous avons répertorié un peu plus de cent exoplanètes où nous pouvions nous établir, mais nous avons noué des relations avec seulement une dizaine de civilisations …

— Lorsque vous dites « nouer des relations », faut-il comprendre le même genre de « relation » qu'avec la race des humains ? demanda narquoisement le capitaine Becker.

— J'emploie cette expression au sens large, se défendit le *Jin*, une fois encore, prenez-la dans le sens qui vous convient le mieux … pour répondre avec précision au professeur Al Jazari, non, notre civilisation n'a pas trouvé d'égale jusqu'ici pour ce qui concerne les technologies et nous avons colonisé ces mondes et régné en maîtres dans la galaxie depuis quelques centaines de milliers d'années terrestres. Mais, ne vous méprenez pas, la technologie n'est pas la seule marque du degré du développement d'une civilisation, l'organisation politique et sociale est aussi l'apanage des sociétés avancées. Et même quelquefois, c'est le niveau culturel qui fait la richesse d'une nation …

— Et donc, si je comprends bien, aucune civilisation n'est arrivée à un niveau comparable au vôtre, n'est-ce pas ? insista le professeur Al Jazari.

— Eh bien, oui professeur, aucune n'est comparable, assura l'Alien. Mais, je dois vous avouer une chose, la race humaine est bien notre pire ennemi, le pire que nous ayons rencontré jusqu'ici et qui a réussi à nous résister. Pourtant, nous vous connaissons bien, puisque nous sommes venus chez vous alors que vous

Le soldat du temps

n'étiez qu'une société préhistorique balbutiante. La Terre est l'une de nos plus ancienne colonie et nous n'avons pas pris garde de voir les évolutions de votre race se succéder pour devenir aujourd'hui une force qui peut rivaliser et nous nuire. Nous savions que l'homme est un animal résistant et inventif, doué d'une intelligence sans égal, et qu'il est, de plus, animé d'une ambition démesurée et d'un égo sans nul autre pareil. La race humaine a démontré à maintes reprises qu'elle savait s'adapter en fonction des variations de son environnement, et nous n'avons pas su anticiper votre mutation. La preuve ! aujourd'hui c'est vous qui me dictez les ordres !

Il y eut un court moment de silence, comme si les terriens devaient assimiler toutes les informations données par la créature.

— Est-ce que cette apparence, je veux dire celle qui rappelle vaguement l'allure d'un grand singe terrestre avec de grands yeux, questionna Ottavio Antonelli, est-ce votre aspect physique réel et celle de vos congénères ?

L'Alien eut cette espèce de rictus sur les lèvres, mais ne répondit pas.

— Mais ça n'est pas ainsi que je le vois ! déclara calmement Kirakam. Pour moi, c'est un petit être avec une peau de couleur brune, presque rouge, cheveux blancs et crépus, avec de petits yeux bridés ...

— Comment est-ce possible ? s'exclama Antonelli, le biologiste, en se tournant vers le groupe. Vous le voyez comment vous autres ?

— Comme toi ! affirma Anisha Pauwels, un grand primate.

C'est également ce que confirmèrent les autres, ils donnèrent une description semblable, mais qui différait par de petits détails.

— J'ai le sentiment qu'il y a un truc qui ne colle pas, admit le capitaine Becker. On ne donne pas tous la même description de la créature qui est sous nos yeux, c'est un peu étrange non ?

Le soldat du temps

— Je dirai que chacun le voit à sa façon ! observa le *manuzuKien*, comme s'il parvenait à apparaître différemment aux yeux de chacun d'entre nous.

Le capitaine Becker s'approcha du *Jin* et mit son arme juste sur le front :

— Vas-tu nous dire ce qui se passe, macaque, dit-il, ou bien je vais en finir avec toi !

— C'est le *manuzuKien* qui a raison, répondit enfin Akkar-Dar-Arka. Nous avons le pouvoir de prendre l'apparence que votre cerveau désire le plus. Dans l'esprit de la plupart d'entre vous, un Alien doit obligatoirement avoir une apparence d'hominidé simiesque. Vous noterez que cela n'est pas le cas pour Kir-akam, car il n'est pas issu de la même culture que vous.

— Ce changement d'apparence n'est que dans notre tête alors ? constata Ottavio Antonelli.

— Oui, bien sûr, assura l'extraterrestre.

— Cela signifie-t-il que nous ne serons jamais en mesure de vous voir dans votre véritable enveloppe corporelle ? insista le biologiste.

— Mais c'est le cas pour toutes choses, cher monsieur, déclara le *Jin*. Nous percevons l'univers, non pas tel qu'il est dans la réalité, mais tel qu'il nous apparaît grâce à nos instruments de mesure. De même, nous percevons notre prochain, non pas tel qu'il est vraiment, mais tel qu'il veut bien nous paraître. Nos capacités nous permettent cela, poussé à un point tel que vous ne soupçonniez même pas, et pourtant, c'est ainsi !

— Nous avons découvert tous les secrets de la génétique, poursuivit-il comme encouragé à parler par l'effet qu'il produisait sur les terriens. Vous comprenez peut-être mieux, madame Tripopoulos, pourquoi nous parvenons à vivre si longtemps et pourquoi nous aspirons à atteindre l'étape ultime qui est de nous débarrasser totalement de notre enveloppe corporelle.

Le soldat du temps

— Ce qu'il dit semble vrai, intervint Anisha Pauwels, je n'y avais pas prêté attention mais je l'ai dans le champ de ma caméra et je ne vois qu'une forme noire à la place qu'il occupe, comme si son corps ne reflétait pas la lumière.

Les terriens restaient bouche bée devant ces révélations tant cela leur paraissait irréel. Le sergent Kuznetsov sembla redoubler de prudence et se rapprocha de l'Alien pour le surveiller plus efficacement.

— Je parie que je ne vais pas changer de sujet en demandant cela, mais, est-ce que l'un des vôtres a eu la mauvaise idée de se déguiser en *Humbaba* sur la planète *ManuzuKi* ? dit soudain le lieutenant Ferreola.

— Oui, c'est possible en effet, admit l'Alien, notre caste de dirigeants aristocratiques adore prendre des apparences qui terrorisent les *manuzuKiens*, dans le but de les capturer et de …

— Et de ? questionna Anisha Pauwels avec un air horrifié.

Le *Jin* resta muet, ne souhaitant visiblement pas alimenter la polémique. C'est alors que le capitaine Becker se mit à invectiver l'extraterrestre :

— Comment des créatures aussi évoluées que vous le dites peuvent-elles se comporter en barbares et prélever des humains pour les consommer en guise de vulgaire nourriture ? demanda-t-il l'air furieux.

— Sachez qu'il existe dans notre société un courant contestataire, certes minoritaire mais dont je fais partie, qui ne partage pas la ligne politique de nôtre classe dirigeante, qui désavoue ces pratiques, et même les condamne, répondit l'Alien.

— Oh, bravo à vous, monsieur comment déjà … ? applaudit Becker.

— Akkar-Dar-Arka, répéta le *Jin*.

— N'avez-vous pas honte de voir vos congénères se comporter ainsi, et sous vos yeux, si ce n'est même avec votre complicité ?

— Capitaine Becker, répliqua le *Jin*, je ne vous connais pas mais je vois vos nom et grade inscrit sur votre uniforme …

Le soldat du temps

— Mais comment connaissez-vous notre écriture ? s'exclama le professeur Al Jazari. Vous savez donc lire notre langue ?

A nouveau le silence s'installa dans le poste de pilotage et tous les terriens avaient le regard tourné vers Akkar-Dar-Arka.

— Oui, bien sûr professeur, répondit le *Jin* après une courte hésitation, j'ai vécu près de deux mille années sur votre planète.

Tous les membres présents dans la pièce se regardaient, totalement abasourdis d'entendre l'Alien faire cette déclaration dans un anglais impeccable.

— Je connais très bien votre civilisation, enchaîna l'Alien, pour avoir assisté de près à l'éclosion des concepts de rationalité dans votre communauté scientifique. J'étais déjà sur Terre lorsque Johannes Kepler a énoncé les lois de l'astronomie qui décrivent les propriétés principales du mouvement des planètes autour du Soleil. J'étais là également lorsqu'Isaac Newton a publié ses travaux sur la loi universelle de la gravitation en 1687, dans la fameuse encyclopédie « Principia Mathematica », dont je détiens un exemplaire précieux chez moi. J'ai vécu au temps d'Albert Einstein, ce grand physicien auteur de la théorie sur la relativité générale, et aussi au temps d'Alexander Fleming qui a découvert la pénicilline en 1928. Mais, ma plus grande déception c'est de n'avoir pas pu côtoyer le grandissime philosophe qu'était Socrate, avec qui j'aurais donné une fortune pour échanger quelques mots dans les rues de l'Athènes antique !

La stupéfaction pouvait se lire sur le visage des terriens qui, peu à peu, exprimèrent une curiosité à peine contenue. Ils se trouvaient à des années-lumière de la Terre, dans un vaisseau spatial alien, et cette créature parlait des humains les plus illustres qu'il avait pu fréquenter ainsi que de leurs travaux. L'aspect insolite de la situation n'échappait à aucun d'entre eux.

— Mais en réponse à l'invective du capitaine Becker, poursuivit-il, j'étais là aussi lorsqu'on a dévoilé que, dans la civilisation aztèque, comme d'ailleurs dans la plupart des civilisations

Le soldat du temps

précolombiennes, le sacrifice humain était un rite extrêmement courant. Il est bien connu n'est-ce pas que, durant la grande famine des années 1930 en Ukraine, beaucoup ont survécu grâce au cannibalisme, tout comme pendant l'hiver de la famine soviétique de 1946-1947, où des cas d'anthropophagie ont été mentionnés, particulièrement en Ukraine occidentale et en Moldavie. Au milieu des années 1960, lors de la révolution culturelle en République populaire de Chine, l'anthropophagie a été pratiquée à grande échelle et certains organes humains étaient réservés aux hauts responsables du parti communiste chinois ...

— J'étais là également, continua-t-il, lors des massacres perpétrés par vous les hommes blancs sur les indiens d'Amérique du Nord et les amérindiens du Sud. J'étais présent aussi lors des deux guerres mondiales qui ont fait des millions de morts dans toute l'Europe, l'Asie et l'Afrique. Tous ces actes ont été l'œuvre de la race humaine à l'encontre d'elle-même et nous, les *Jins*, n'y sommes strictement pour rien, n'est-ce pas ?

— Alors, conclut-il, avant de critiquer les meurs des autres, capitaine Becker, n'est-il pas préférable de faire sa propre autocritique ?

Les terriens, visiblement impressionnés par ce cours résumé d'histoire de l'humanité, n'osaient plus rien dire.

— Voyez-vous, reprit-il, dans l'hypothèse où l'un d'entre nous tombe aux mains de l'ennemi, les ordres sont de se suicider séance tenante pour éviter toute fuite d'information, et c'est ce que j'aurai dû faire lorsque vous avez investi le navire. Ce sont des ordres impératifs ! auxquels j'ai pourtant désobéi parce que, je vous l'ai dit, notre mouvement n'est pas en accord avec la politique de nos dirigeants et nous souhaitons établir un contact de paix avec la civilisation de la Terre ... c'est pour cette raison que je n'ai pas exécuté ces ordres pourtant impératifs !

— Vous pensez qu'il est possible d'avoir une relation de paix entre vous et la Terre ? demanda le professeur Al Jazari.

Le soldat du temps

— Nous le pensons, oui en effet, répondit Akkar-Dar-Arka, à condition que nous fassions table rase des préjugés qui ne manquent pas, d'un côté comme de l'autre, et que nous jetions les bases d'une paix en bonne intelligence.

— Et si cela ne se fait pas ? questionna le professeur, qu'arrivera-t-il ?

— Si tel n'est pas le cas, prédit le *Jin*, je crains que nos peuples se fassent la guerre, une guerre sans merci et destructrice, à n'en pas douter. Dans tous les cas vous ne serez pas gagnants, car de mon point de vue, et il est partagé par tous les *Jins* qui ont séjourné assez longtemps sur Terre, la civilisation terrienne est bien plus cruelle et ambitieuse que la nôtre. Nous avons assisté, au développement technologique de votre race, depuis la triste période de l'esclavage, en passant par celle des terribles guerres qui ont émaillé certaines époques et en finissant par la voracité des humains qui a totalement asséché sa propre planète de toutes ressources naturelles. Notre prédiction est que le genre humain finira par payer ses fautes et qu'il court au-devant de sa propre perte !

— Vous êtes un oiseau de mauvaise augure, commença Becker. Et …

A cet instant, le capitaine fut interrompu par une alarme qui envahit la pièce entière d'un son lugubre et persistant.

— Nous approchons de la « porte de l'espace », déclara le *Jin*, veuillez regagner vos sièges et vous attacher, cela va secouer !

— Nous allons emprunter une porte de l'espace ? s'exclama le capitaine Becker.

— Oui, absolument, répondit le *Jin* de sa voix rauque, comment croyez-vous que nous allons franchir les quelques centaines d'années-lumière qui nous séparent de notre destination ?

— S'agit-il d'une porte comparable à celle que nous avons nous-mêmes utilisée pour venir depuis la Terre ? demanda Tamara Benitez, l'astronome.

Le soldat du temps

— Oui, bien sûr, confirma l'Alien, le principe est identique, mais elle est beaucoup plus grande, pour contenir le vaisseau et, en plus, elle se situe dans le vide interplanétaire.

— Oh, je vois, déclara la jeune astronome, la navigation interstellaire est donc le résultat de petits bonds dans l'espace avec des moyens de propulsion conventionnels qui permettent de rejoindre des trous de l'espace utilisés, eux, pour faire des bonds dans la galaxie grâce aux déformations de l'espace-temps, c'est cela n'est-ce pas ?

Akkar-Dar-Arka, l'extraterrestre de *Kur* ne répondit pas.

XIII - La planète *Kur*

Peu de temps après, la configuration de l'espace autour du navire se mit à changer. La densité gravitationnelle devenant de plus en plus forte, une myriade de couleurs entoura l'astronef et la carcasse se mit à vibrer avec quelques craquements. Puis, soudain, il y eut une lumière aveuglante en même temps que le vaisseau fut violemment secoué dans tous les sens. Enfin, le calme revint progressivement et ils traversèrent un long « trou noir ». Il leur fut impossible d'apprécier la durée de cette « traversée » car ils avaient momentanément perdu toute notion du temps. Cela rappelait, pour certains le passage de la porte de Djoser, une phase de durée indéterminée et le sentiment de se réveiller après un long sommeil, sans perdre conscience, comme dans un rêve.

Ils ressentirent, à la légère vibration du navire, que les moteurs à fusion nucléaire venaient de se remettre en marche pour prendre le relais, et qu'ils venaient de quitter l'hyperespace pour entrer dans un environnement plus familier, avec la présence d'une étoile qui brillait au loin. « Ça doit être le soleil », pensa aussitôt le capitaine Becker. L'étoile se rapprochait d'eux à grands pas et les terriens étaient tous collés aux hublots pour tenter d'apercevoir la Terre, ce qu'ils attendaient maintenant depuis ce qui leur paraissait être une éternité.

Bientôt, un point sombre apparut dans la faible clarté intersidérale. Ils avaient tous les yeux rivés sur ce qui grossissait à vue d'œil et qui, à n'en pas douter, était une planète du système stellaire dans lequel le vaisseau spatial progressait. Cependant, arrivés à proximité de l'astre, ils ne reconnurent pas le halo de lumière bleuté qui caractérisait l'atmosphère terrestre, et au fur et à mesure qu'ils se rapprochaient, ils étaient de plus en plus convaincus qu'il ne s'agissait pas de la planète bleue.

Le soldat du temps

— Où est-ce que tu nous emmènes sale macaque ? vociféra le capitaine Becker, furieux.

Becker sortit à nouveau son arme et la braqua sur l'extraterrestre qui restait assis sans broncher. Les autres terriens, contrariés, regardaient la scène et se demandaient ce qui aller se passer à présent.

— Où sommes-nous ? demanda Becker, rageur.

— Il nous a conduits sur sa planète ! affirma le lieutenant Ferreola sortant de son mutisme.

— Pourquoi aurait-il fait cela ? interrogea miss Pauwels.

— Pour nous livrer à ses congénères, bien sûr ! confirma le capitaine. Mais auparavant il va trépasser !

Le *Jin* ne réagissait toujours pas, tandis que le vaisseau était en manœuvre d'approche de la planète qui était entourée d'un halo de lumière plutôt jaunâtre. Ils parvinrent à une altitude qui permettait de discerner quelques détails, et ils comprirent la raison de cette couleur lugubre qui se dégageait d'une multitude de volcans en activité. La planète entière était couverte de volcans, la plupart en éruption, rejetant sans discontinuer une poussière jaune et dense, sans doute sulfureuse. C'était un paysage de désolation, une véritable fournaise, une planète envahie par la lave où l'on ne voyait plus beaucoup de verdure, avec quelques étendues d'eau, mais pour combien de temps …

— Voici *Nogor'h* ! finit par déclarer Akkar-Dar-Arka avec le rictus sur les lèvres que l'on pouvait prendre pour un sourire. Comme vous le voyez, ça ne va pas attirer les touristes n'est-ce pas ?

— Que se passe-t-il ? demanda Tamara Benitez, l'astronome.

— Depuis quelques millénaires, répondit le *Jin*, les volcans se sont mystérieusement réveillés pour des raisons que nous ignorons et ils envahissent progressivement toutes les terres habitables de la planète. Certains d'entre nous pensent qu'il s'agit d'une malédiction des Dieux que notre peuple a suscitée à cause de sa conduite à l'égard des autres peuples de la galaxie, mais bien entendu, cela n'a aucun fondement scientifique, alors nous subissons … mais pouvons-nous faire autrement ? malgré notre immense savoir, on ne peut rien contre des forces naturelles de cette puissance …

— Vous allez nous livrer à vos semblables ? questionna à nouveau Becker.

— Le vaisseau a été détecté, répondit l'Alien, et ils ne vont pas tarder à nous prendre en chasse si je ne donne pas signe de vie et si je ne me pose pas selon les règles de la procédure …

— Je sais, je suis désolé, enchaîna-t-il aussitôt, mais je ne pouvais pas livrer ce bâtiment à nos ennemis, vous les Terriens. Je ne suis pas en accord avec la politique de mon gouvernement, mais je ne suis pas un traître …

— Alors, vous ne me donnez pas le choix, menaça le capitaine l'arme pointée dans sa direction, je vais devoir vous exécuter …

— Attendez ! s'écria le lieutenant Ferreola, il existe peut-être une solution pour regagner la Terre, une « porte de l'espace », par exemple, qui conduirait sur la Terre depuis cette planète ?

— Oui, concéda Akkar-Dar-Arka, il y a bien une porte qui nous permet de rejoindre la Terre …

— Parfait ! se félicita le lieutenant, nous y allons !

— Oui, répliqua le *Jin*, mais dans ce cas, pourquoi ne pas avoir utilisé la porte qui existe sur *ManuzuKi* ?

— Quoi ? s'exclama le capitaine Becker, la « porte de l'espace » par laquelle nous sommes venus sur *ManuzuKi* est donc une porte symétrique ? une porte qui fonctionne dans les deux sens ?

Cette remarque jeta soudain un froid dans la salle de pilotage de l'astronef. Tout le monde se tournait en direction du lieutenant Ferreola, car tous avaient en mémoire l'affirmation de celui-ci, selon laquelle il était impossible d'utiliser la porte puisqu'elle n'était pas symétrique.

— Oui, bien sûr ! affirma l'Alien.

Le soldat du temps

— Lieutenant Ferreola ! s'écria le capitaine, vous nous avez donc menti, avez-vous une explication à nous donner ?

— Capitaine, répondit le lieutenant d'un ton ferme, cet Alien ment, car il veut semer la zizanie entre nous …

— Je ne mens pas lieutenant, démentit l'extraterrestre. Pourquoi mentirai-je ?

— Pour une fois, je crois ce que dit le macaque ! s'écria Becker. Alors, lieutenant ?

— Capitaine, ça n'est pas le moment ! implora le lieutenant Ferreola, nous aurons une explication un peu plus tard, pour l'heure nous devons trouver un moyen pour quitter cette planète …

— Je veux une explication, lieutenant, insista Becker, et tout de suite, je vous prie !

— Je voulais que nous ramenions ce foutu navire sur Terre ! répliqua Ferreola.

— Sergent Kuznetsov, ordonna le capitaine, voulez-vous désarmer le lieutenant et l'arrêter !

— Mais, mon capitaine, hésita Kuznetsov, le lieutenant a raison, ce n'est pas le moment de …

— Sergent, ne discutez pas ! aboya Becker, je vous somme de mettre le lieutenant Ferreola aux arrêts !

— Vous ne pouvez pas faire ça, maintenant ! intervint Anisha Pauwels, en se dirigeant vers le sergent des forces spéciales des Marines.

— Ne vous mêlez pas de ça ! mademoiselle Pauwels, fustigea le capitaine Becker, les civils n'ont rien à dire dans une affaire militaire, le lieutenant a mis sciemment en péril l'ensemble de la mission, et je veux une explication plausible ou bien il est mis aux arrêts !

Le soldat du temps

Le lieutenant s'avança alors vers le capitaine, comme pour lui parler de plus près, mais arrivé à sa hauteur, il désarma prestement Becker en lui subtilisant son arme qu'il pointa sur tout le groupe.

— Je suis désolé, dit-il d'un air décidé, mais je dois ramener cet astronef sur Terre ! vous allez tous prendre la « porte de l'espace » et me laisser tout seul !

— Lieutenant, déclara le capitaine, vous êtes devenu fou ? ce que vous faites est passible de la cour martiale et vous le savez !

— Encore une fois désolé, capitaine, répondit Ferreola, mais c'est ici que nos chemins se séparent … et vous l'Alien, posez votre mastodonte proche de la porte !

L'injonction du lieutenant était si insistante dans le regard qu'il jeta sur Akkar-Dar-Arka que celui-ci obéit à l'ordre sans tergiverser car il sentit la farouche détermination de Ferreola.

Le vaisseau se posa en hauteur, sur un sol rocailleux, tout près d'un pic montagneux à l'écart des volcans que l'on voyait actifs sur les sommets voisins. Les terriens ajustèrent leur combinaison car ils ignoraient ce que leur réservait l'atmosphère de la planète *Nogor'h*. Après que le navire se fut posé avec un bruit sourd, le *Jin* ouvrit les portes de l'appareil :

— La porte est là, tout près ! dans une grotte sous la roche, dit-il en montrant une élévation rocheuse.

— Sortez, sortez tous ! ordonna le lieutenant en pointant son arme sur ses compagnons d'infortune. Sergent Kuznetsov, veillez à ce que l'Alien ne vous joue pas un mauvais tour !

— Qu'allez-vous faire ? questionna le capitaine Becker.

— Je vais ramener cette machine sur Terre, répondit calmement le lieutenant. Vous, empruntez la porte, c'est plus sûr !

— Démétrius, implora miss Pauwels, tu ne vas pas revenir vivant !

— Ne t'en fais pas, Anisha, je vais m'en sortir, assura le lieutenant. Et tenez en joue cet Alien jusqu'à ce que vous soyez en sécurité ! allez, partez ! c'est le moment …

Le soldat du temps

— Démétrius, dit soudain Kir-akam, le *manuzuKien*, je viens avec toi !

— Non, non, Kir-akam, c'est trop dangereux ! répliqua Ferreola, va avec les autres !

— Attends, j'ai une chose à te dire avant, insista le *manuzuKien*.

Kir-akam s'approcha du lieutenant et lui glissa quelques mots à l'oreille. Le lieutenant prit une mine perplexe, puis hocha la tête :

— Ok, Kir-akam, tu restes avec moi, dit-il, au revoir mes amis et bonne chance !

Tous les autres étaient en train de débarquer du vaisseau et allaient se diriger vers une cavité sombre que l'on apercevait à une distance d'environ cinq cent mètres, lorsqu'Akkar-Dar-Arka se retourna vers le lieutenant :

— Vous ne parviendrez jamais à piloter cet appareil, cria-t-il, c'est une folie, vous allez être capturés !

Le soldat du temps

Le lieutenant Ferreola et Kir-akam le *manuzuKien* étaient seuls à présent dans la salle de pilotage du vaisseau spatial. Pour l'heure, la priorité du terrien était de prendre les commandes du navire et de fuir cette planète peu accueillante.

> — Kir-akam, dit-il, quelle est donc cette chose primordiale que tu connais et qui est indispensable pour piloter cet appareil ?

> — Oui, Démétrius, répondit le géant *manuzuKien*, j'ai bien observé les manœuvres de Akkar-Dar-Arka durant le vol, et tu ne devineras jamais comment il passe ses commandes au système de pilotage de l'astronef … as-tu remarqué un seul geste de sa part pour conduire cet appareil ?

> — Euh, non … répondit le lieutenant après un court instant de réflexion, tu as raison, je ne me souviens pas avoir vu l'Alien esquisser le moindre geste pour donner ses ordres à la machine.

> — C'est normal, assura Kir-akam, il donnait ses ordres par le canal de la télépathie …

> — Quoi ? s'exclama Ferreola, tu plaisantes j'espère !

> — Pas du tout ! affirma le *manuzuKien*, cet appareil se pilote grâce à la télépathie et tu comprends à présent pourquoi je t'ai mis en garde tout à l'heure …

> — Ça alors ! s'extasia le lieutenant, mais c'est impossible ! es-tu certain de ce que tu avances ?

> — Tu en veux la preuve ? demanda Kir-akam. Regarde bien, je vais fermer les portes du vaisseau …

Le géant *manuzuKien*, ferma les yeux et sembla se concentrer profondément, puis soudain, un petit signal avertisseur retentit dans la pièce. Après un court instant, le signal devint de plus en plus aigu et se transforma en sonnerie d'alarme. Enfin, ils entendirent un léger sifflement et un bruit sourd pendant que la lourde porte se refermait.

> — C'est extraordinaire ! lâcha le lieutenant Ferreola. Ça marche !

Soudain, Kir-akam leva la main pour demander le silence et sembla se concentrer à nouveau.

Le soldat du temps

— Nous avons de la visite, dit-il en montrant le hublot.

Un engin sphérique, de couleur sombre, s'était posé à deux cent mètres environ de l'astronef, et Ferreola vit deux formes lointaines en descendre.

> — Ils communiquent avec Akkar-Dar-Arka, qui leur décrit la situation et leur signale notre position dans le navire, précisa le *manuzuKien*.

> — Mais tu connais leur langage ? s'étonna le lieutenant.

> — Non, Démétrius, répondit le géant, mais avec la télépathie, les messages sont imagés et donc directement assimilables par le cerveau.

> — Ils ont donc greffé un cerveau à ce bâtiment ? conclut le terrien. Moi qui avais potassé comme jamais le manuel de pilotage, je n'avais donc aucune chance …

Kir-akam ignora la remarque du lieutenant et resta attentif, en position pour réceptionner un éventuel message.

> — Ils s'adressent à nous à présent, dit-il, et nous donnent ordre de sortir du vaisseau, sans quoi ils vont nous détruire …

Ferreola jeta un nouveau coup d'œil par un hublot et distingua les deux Aliens qui s'étaient rapprochés. Il voyait deux grands singes, d'une allure proche de l'orang-outan, avec une combinaison argentée qui les recouvrait presqu'entièrement et ils portaient une espèce de long tube en bandoulière qu'il jugea être une arme. Alors, se souvenant de ce qu'avait dit Akkar-Dar-Arka à propos de l'apparence des *Jins*, il en conclut que son esprit devait imaginer les « méchants Aliens » revêtant cette forme.

> — Kir-akam, questionna le lieutenant, je vois deux grands singes, et pour toi, quelle apparence ont-ils ?

> — Ce sont de vilains petits gnomes inoffensifs, déclara calmement le *manuzuKien*.

> — Ah bon ? s'étonna le terrien, et pourquoi dis-tu « inoffensifs » ?

Le soldat du temps

> — Eh bien tout simplement, parce qu'ils émettent des ondes de détresse, répondit le géant, et ils ne savent pas que je suis en mesure de les capter. Ils ne peuvent détruire un tel vaisseau qui est conçu pour voyager dans l'espace où les risques de collision avec divers objets imposent de fabriquer une structure capable de résister à leur arme ridicule …

> — Kir-akam, interrompit Ferreola, tu es génial ! on peut s'occuper du navire alors, sans avoir à obéir à ces minus !

> — Oui, admit le *manuzuKien*, mais il va falloir faire vite, car ils sont en train de changer de stratégie. Ils vont appeler des secours …

A cet instant, et comme pour confirmer les prévisions du géant, ils entendirent un léger bruit, comme le ferait le tir d'une arme de petit calibre sur la carapace de ce mastodonte qu'était le navire alien.

> — Bon, pressons nous alors ! s'exclama le terrien.

Ferreola se dit que s'il avait eu le temps, il aurait tenté de visualiser les deux *Jins* en pensant très fort à des gnomes, pour voir s'il pouvait avoir la même vision que celle du *manuzuKien*, mais cela n'était pas le moment. Pendant ce temps, les deux Aliens continuaient vainement de tirer sur la coque du navire, sans causer de dégâts notables. De temps à autre, le lieutenant jetait un œil par les hublots pour vérifier si de nouveaux Aliens ne venaient pas prêter main forte aux deux premiers. Cela n'était pas le cas pour le moment, preuve que les *Jins* n'étaient pas souvent agressés sur leur propre territoire et que l'organisation des secours n'était pas vraiment au point.

Kir-akam était déjà en pleine concentration et l'un des écrans de contrôle placé devant lui s'anima. Tandis qu'une multitude de signes et de pictogrammes s'affichaient, on pouvait voir apparaître, de manière synchrone, l'image du système stellaire correspondant sur plusieurs autres consoles de grand format, situées sur les parois et face au pilote.

> — Démétrius, il faut choisir la bonne destination parmi celles qui vont s'afficher, avertit le *manuzuKien*, moi je ne peux pas t'aider, à toi de décider !

Le soldat du temps

Il fallut un bon moment de réflexion au lieutenant Ferreola avant qu'il ne saisisse ce que voulait dire le géant. Puis, soudain, il comprit que le vaisseau disposait d'une bibliothèque de destinations prédéfinies et que, comme par magie, Kir-akam les faisait défiler les unes après les autres.

Il vit passer sous ses yeux une multitude de schémas représentant la configuration stellaire et planétaire des destinations mémorisées par le navire. Pour chacune d'elles il scrutait attentivement le ballet animé des astres planétaires autour de leurs astres stellaires pour tenter de reconnaître le système solaire. Kir-akam s'arrêta un court instant sur l'une des destinations qui montrait deux astres stellaires :

— C'est *ManuzuKi* ! s'exclama le géant.

Puis, il continua de donner des ordres à l'astronef par télépathie pour enchaîner la suite des destinations proposées par l'astronef. Enfin, le lieutenant Ferreola visionna une configuration qui présentait toutes les caractéristiques du système solaire, avec Mercure, Vénus et Mars, tout près de la Terre, puis Jupiter et Saturne, les deux énormes planètes, et enfin Uranus et Neptune. Toutes les planètes étaient nettement visibles, chacune sur son orbite, et, ne voulant commettre aucune erreur fatale, le terrien s'appliqua à vérifier plusieurs fois la configuration de la destination. Puis, finalement, il perçut une indication qui l'incita à prendre une décision définitive : la planète qui était à l'emplacement de la Terre était de couleur bleue.

— C'est ok pour cette destination ! dit-il, tu peux mettre le cap sur celle-ci !

Aussitôt, Kir-akam donna l'ordre de rejoindre le système stellaire choisi par le lieutenant et, très vite, ils sentirent un léger frémissement de l'énorme structure, comme un bourdonnement en même temps qu'un faible tremblement. Une alarme stridente se mit à sonner et les passagers prirent place dans des sièges équipés de ceintures de sécurité. Le lieutenant en profita pour scruter les environs et voir si des renforts venaient se joindre au deux Aliens qui continuaient de viser et de décharger leurs armes sur les organes sensibles de l'appareil, mais en vain.

Le soldat du temps

Puis, un sifflement plus aigu accompagna la manœuvre que fit le vaisseau spatial pour se mettre en position de décollage presque vertical. Sous la poussée les moteurs à fusion nucléaire aidés par les moteurs antigravitationnels, la structure du paquebot de l'espace se souleva comme une plume et prit rapidement de l'altitude. Progressivement, ils voyaient les détails s'estomper à la surface de la planète et ils entrèrent dans une zone de turbulences causée par un immense nuage de poussières craché par les volcans de *Nogor'h*.

Le soldat du temps

XIV - La pyramide de Kukulkan

L'ancienne ville maya de Chichén Itzá, située dans la péninsule du Yucatán, au Mexique, abrite la pyramide de Kukulkan, également appelée « El Castillo », un monument précolombien construit au début du second millénaire. Cette pyramide « à degrés », haute de plus de 30 mètres et comprenant 365 marches, est un temple en l'honneur de Kukulkan, le dieu serpent à plumes d'origine toltèque, qui attire chaque année des centaines de milliers de visiteurs. Les archéologues prétendaient que le monument avait été construit en trois étapes : trois pyramides, l'une contenant l'autre, à la manière des « poupées russes », tout comme la pyramide de Djoser, pour donner la construction que l'on nomme « El Castillo ».

Dans cette péninsule, où l'eau est rare, l'alimentation de la ville était assurée par la présence de deux cénotes, sorte de puits de formation naturelle, de plusieurs dizaines de mètres de profondeur. On impute leur formation à l'impact de la météorite qui a également causé l'extinction des dinosaures il y a environ 65 millions d'années. Ces puits vitaux étaient sacrés et considérés comme les entrées dans le monde souterrain et les archéologues mexicains avaient découvert que le monument maya avait été bâti au-dessus de l'un d'eux. La légende veut qu'en temps de sécheresse, on jetait, à l'aube, de jeunes vierges dans le « Cenote Sagrado », le cénote sacré, en guise de cérémonie religieuse, mais des fouilles ont prouvé par la suite qu'il ne s'agissait pas seulement d'un mythe, puisqu'en réalité, les cénotes étaient bien destinés aux sacrifices humains.

Ce jour-là n'échappait pas à la règle, puisque, comme à l'accoutumée, des milliers de touristes étaient massés sur le site de Chichén Itzá par une chaude après-midi d'été. Mais ce jour-là précisément, ils furent les témoins d'une scène qu'ils n'étaient pas près d'oublier ni de revoir : le

Le soldat du temps

repêchage dans le « Cenote Sagrado » de sept olibrius, curieusement vêtus de combinaisons spatiales faisant office de scaphandre de plongée. Les uns pensèrent qu'il s'agissait du tournage d'un film, tandis que les autres crurent que c'était une attraction quotidienne, une sorte de spectacle compris dans le prix de leur billet.

La foule des curieux était attroupée autour des engins de levage qui avaient été disposés au-dessus du cenote le plus profond et regardait les opérations de secours se dérouler sous leurs yeux. Les uns après les autres, trois femmes et quatre hommes furent dégagés, et sortirent trempés, puis furent pris en charge par les pompiers et la police mexicaine.

A peine arrivé sur la terre ferme, le capitaine Becker demanda à être mis en relation avec l'ambassadeur des Etats-Unis. Bientôt, les rescapés purent bénéficier d'un drone pour les transporter en direction de la capitale, Mexico et son aéroport international, et moins de deux heures après leur retour, ils prenaient une navette pour Washington.

Le soldat du temps

La Présidente des Etats-Unis d'Amérique, Anna-Magdalena Ruiz, recevait, quelques heures plus tard, dans son bureau ovale, les sept rescapés de la mission « Djoser-one ». Ils avaient eu le temps de se doucher, de manger, de se changer et ils portaient de magnifiques uniformes de l'armée de l'air, tenues de couleur blanche et casquettes bleues. Ils avaient, par ailleurs, décliné l'offre qui leur avait été faite de bénéficier d'une aide psychologique organisée en urgence.

La présidente Ruiz était assise sur son siège habituel et on trouvait à ses côtés, Cylinia Brissac, son attachée de presse et Santiago Garcia, le responsable de la sécurité de la Maison Blanche. Cameron Alsteen, professeur de biophysique à l'Université de Boston et conseiller scientifique de la Présidence était aussi présent.

Olaf Davidoff, le chef du protocole de la Maison Blanche, accueillit les arrivants pour les inviter à s'asseoir. Après qu'ils eurent tous trouvé leur place autour de la grande table de travail, la Présidente Ruiz prit la parole :

— Vous allez nous dire ce qui s'est passé durant votre longue absence, dit-elle, mais auparavant, sachez que nous sommes ravis de vous revoir vivants tous les sept et que nous déplorons l'absence de deux d'entre vous.

Le capitaine Becker entreprit alors, durant de longues minutes, de raconter leur aventure extraordinaire, depuis le moment où ils avaient franchi la porte de Djoser jusqu'à leur voyage sur la planète *Nogor'h*, en passant par la capture du vaisseau spatial. Il décrivit aussi leur vie quotidienne sur la planète *ManuzuKi* avec ses deux astres solaires et les heures passées avec le peuple attachant des *Mohites* dans un cadre exceptionnel.

Puis, pour étayer les propos du capitaine, Anisha Pauwels projeta quelques images, ramenées de leur périple, qu'elle avait pris soin de sélectionner et qui montraient aussi bien le panorama sur *ManuzuKi* qu'ils avaient découvert après avoir franchi la porte, que les rues animées de la ville d'*Uruk*, ainsi que l'activité volcanique de *Nogor'h* et son paysage de désolation vu du vaisseau.

Le soldat du temps

Elle ne put, par contre, montrer à quoi ressemblaient les Aliens et l'extraterrestre prisonnier car ils n'apparaissaient sur aucune des prises de vue, comme si la caméra ne les voyait pas et en gros plan, leur corps n'était qu'une forme sombre comme si la lumière était absorbée en totalité par leur forme.

La Présidente Ruiz et ses collaborateurs étaient proprement sidérés par le récit et surtout devant le spectacle auquel ils venaient d'assister.

— C'est absolument fabuleux ! s'exclama le professeur Alsteen. C'est une aventure qui va changer, non seulement votre vie, mais également l'avenir de notre civilisation !

— Nous avons, bien entendu, beaucoup d'interrogations, affirma la Présidente Ruiz, mais la première qui s'impose concerne l'absence du sergent Colby De Cruz, militaire de la Légion étrangère française, et du lieutenant Démétrius Ferreola, de la Royal Air Force ?

— Le sergent De Cruz est mort en soldat au combat, madame la Présidente, répondit aussitôt le capitaine Becker, lorsque nous avons donné l'assaut du vaisseau alien. Il avait ordre de protéger les civils et il est tombé en accomplissant sa mission.

— Et le lieutenant ? demanda la Présidente.

Un silence gêné parcourut les rangs des rescapés, jusqu'à ce que miss Pauwels donne son explication :

— Le lieutenant Ferreola, dit-elle, a pris l'initiative de tenter de ramener le vaisseau spatial des *Jins*, et nous n'avons plus aucune nouvelle de sa part.

— C'est la version de mademoiselle Pauwels, objecta Becker, mais, à plusieurs reprises, le lieutenant Ferreola a montré une attitude rebelle à l'égard de sa hiérarchie militaire et a pris des initiatives qui ont mis en danger la sécurité du groupe !

— Expliquez-vous capitaine, demanda la Présidente Ruiz intriguée.

— Le lieutenant Ferreola, répondit Becker, a menti délibérément à propos de la « porte de l'espace » par laquelle nous sommes

Le soldat du temps

parvenus sur l'exoplanète *ManuzuKi*. Quelque temps après notre arrivée, j'ai décidé de rentrer sur Terre, mais le lieutenant a prétendu avoir testé la porte et constaté qu'elle n'était pas symétrique et donc qu'en conséquence, nous ne pouvions l'emprunter pour revenir. Mais l'extraterrestre nous a démenti cette version et a affirmé qu'elle fonctionnait dans les deux sens. Ferreola a d'ailleurs reconnu avoir menti …

— Oui, mais il a aussi expliqué son mensonge, interrompit miss Pauwels, c'était pour éviter de rentrer sans avoir rencontré les Aliens et la mission aurait été un échec sans cela !

— Peut-être, admit le capitaine, mais un ordre est un ordre. Il a aussi usé de son arme lorsque nous sommes arrivés sur *Nogor'h* avec le vaisseau, dans le but, a-t-il dit, de capturer le vaisseau, mais il nous a braqué pour nous faire sortir de force et il a désobéi là également à mes ordres !

— Cela fait beaucoup en effet, reconnut la Présidente Ruiz, je vois que mademoiselle Pauwels essaye de défendre le lieutenant, mais on ne peut accepter une attitude de rébellion pareille, le capitaine a raison.

— Sans doute, madame la Présidente, répliqua la journaliste, mais, en l'occurrence, lorsque monsieur Becker évoque pudiquement la « hiérarchie militaire », comme il l'appelle, il parle en réalité de lui-même, qui n'a pas été, de mon point de vue en tout cas, le plus éclairé ni le plus avisé des chefs. Je n'ai pas eu le sentiment, pour ma part, que le lieutenant « mettait en danger la sécurité du groupe », mais au contraire, il me semble qu'il a tout fait pour que la mission soit un succès !

La Présidente lança un regard circulaire sur les autres membres de la mission « Djoser-one » pour constater qu'aucun d'entre eux ne semblait prendre parti.

— Bien, nous verrons ce sujet plus tard, trancha la Présidente Ruiz, d'autant que le lieutenant n'est pas là pour se défendre, alors passons à autre chose. Vous êtes arrivés par une porte de

Le soldat du temps

l'espace située sous la pyramide de Kukulkan dans la ville maya de Chichén Itzá, au Mexique, n'est-ce capitaine Becker ?

— Oui, madame la Présidente, confirma l'intéressé, la porte débouche directement sous la pyramide, dans le cénote principal.

— Sauf erreur de ma part, enchaîna la Présidente, nous n'avions pas anticipé l'arrivée d'extraterrestres par ce conduit ?

— Non, en effet madame, répondit le capitaine, mais l'arrivée par cette porte aboutit à une grande profondeur sous l'eau, et sans nos combinaisons de survie, nous aurions été sans doute noyés …

— Je ne parle pas d'invasion par des terriens, capitaine, interrompit sèchement la Présidente Ruiz, mais bien par des créatures venues d'ailleurs ! ce genre d'Alien aux métamorphoses en tous genres, et pourquoi pas des poissons !

Le capitaine Becker et quelques autres ne purent s'empêcher de sourire.

— Pourquoi riez-vous ? demanda la Présidente Ruiz, l'air sombre, ai-je dit une bêtise ?

— Non, madame, reconnut le professeur Alsteen, mais nous avons du mal à imaginer que la Terre pourrait être soumise à une invasion de poissons !

Et l'ensemble des participants fut pris d'un rire communicatif qui permit de détendre un peu l'atmosphère.

— Vous avez donc côtoyé des extraterrestres, c'est une expérience unique, s'extasia le professeur Alsteen, comment étaient-ils ? pourquoi ne les voit-on pas ?

— La plupart des Aliens ont été abattus lors de l'assaut que nous avons mené contre le vaisseau spatial, répondit le capitaine Becker. A peine étaient-ils touchés qu'ils se volatilisaient purement et simplement, ne laissant qu'une vague trace au sol. Le seul que nous ayons pu capturer et avec qui nous avons pu communiquer ne s'est pas suicidé parce qu'il appartient à un courant de pensée qui souhaite établir des relations paisibles avec la Terre. Mais ce qui nous a paru le plus extraordinaire, c'est ce qu'il a dit, à savoir qu'il était âgé de plus de 20.000 années terrestres et qu'il espérait vivre 50 ou 60.000 ans !

— Toujours si l'on en croit ses propos, poursuivit Becker, il nous a dit avoir vécu sur Terre pendant près de deux mille années terrestres et d'ailleurs il parlait un anglais excellent ! l'apparence physique que notre cerveau voyait était, selon lui, une simple représentation de ce que nous voulions voir, et d'ailleurs nos descriptions n'étaient pas toutes concordantes. C'est sans doute pour cela qu'il ne laisse aucune trace sur les enregistrements vidéo, bien que je n'aie aucune explication rationnelle. Il a aussi affirmé qu'ils sont devenus de véritables sorciers en matière de science génétique et qu'ils envisagent sérieusement, grâce à des manipulations génétiques, la possibilité de se passer de toute enveloppe matérielle !

— Tout cela paraît en dehors de toute compréhension pour nous humains ! affirma la Présidente Ruiz. Si nous devions entrer en conflit avec eux, et que tout cela est bien réel, je doute que nous sortions vainqueur de cette confrontation !

— Madame la Présidente, si je puis me permettre, remarqua le professeur Al Jazari, le panorama qui me reste en mémoire de ce que nous avons vu sur leur planète *Nogor'h* laisse à penser que leur civilisation est en déclin, en raison, nous a-t-il dit, du réveil inexplicable des volcans qui envahissent progressivement toutes leurs terres habitables.

— Oui, peut-être, concéda Tamara Benitez, l'astronome de l'équipe, mais ils ont eu la capacité de s'installer sur une autre planète, ce qui est loin d'être notre cas ! dois-je vous le rappeler ?

— On ne transfère pas d'un astre à l'autre du jour au lendemain, objecta le professeur Al Jazari, tout ce qui fait l'essentiel du savoir-faire d'une civilisation et encore moins les infrastructures et la logistique nécessaires au bon fonctionnement de l'industrie, du commerce ou même de l'enseignement !

— Certes, admit Tamara Benitez, mais il semble que le processus ait commencé depuis suffisamment longtemps pour tenter et réussir leur migration vers un autre monde et se fixer ailleurs.

— Ce qui est une certitude, c'est que cela n'est pas sur *ManuzuKi*, commenta Anisha Pauwels.

— Oui, mais si mes souvenirs sont exacts, insista miss Benitez, l'Alien a parlé d'une centaine d'exoplanètes qu'ils avaient explorées et sur lesquelles ils pouvaient s'établir, cela leur laisse beaucoup de possibilités pour rebondir ailleurs !

— Professeur Alsteen, demanda la Présidente Ruiz, quand pensez-vous que nous serons, nous aussi, capables d'explorer la galaxie ?

— Dieu seul le sait ! implora le professeur Alsteen en levant les yeux au ciel.

— Sans vouloir rebondir sur la polémique de ce début de réunion, déclara Anisha Pauwels, je crois que l'initiative du lieutenant Ferreola allait dans le bon sens, car, il est clair que parvenir à capturer un vaisseau spatial alien serait de nature à nous faire progresser significativement dans les technologies dont nous aurons besoin pour explorer les galaxies …

— Qu'en savez-vous ? interrompit brusquement le capitaine Becker.

— Ah non ! trancha aussitôt la Présidente Ruiz, nous n'allons pas recommencer, d'ailleurs la réunion est terminée !

XV - LA LISTE ROYALE SUMÉRIENNE

Le Congrès International d'Archéologie de Saint-Pétersbourg était renommé pour attirer les chercheurs en archéologie les plus célèbres du monde. Cette année-là, le plateau des scientifiques présents était une nouvelle fois à la hauteur de sa réputation. En effet, le professeur Natalio Ruggieri, de la « Sapienza University of Rome », l'un des plus brillants archéologues du moment, avait promis de faire état d'une publication retentissante faisant date dans la liste déjà conséquente des travaux sur Sumer et sa mystérieuse civilisation.

La salle était comble lorsque le professeur Ruggieri entama sa conférence et prit la parole :

— La Mésopotamie, dit-il, dont le nom signifie : « le pays entre les fleuves » est une région historique du Moyen-Orient située dans ce qu'il est convenu d'appeler « le Croissant fertile », entre le Tigre et l'Euphrate. Les traces les plus anciennes de la civilisation sumérienne découvertes à ce jour, en Basse Mésopotamie, remontent à 8.000 ans environ av. JC, mais rien ne dit que ce sont les plus vieilles ...

— Vous ne l'ignorez pas, enchaîna-t-il, la civilisation sumérienne a, de tous temps, intrigué les historiens, et cela à divers titres. La première raison est qu'il y a un doute sur le fait qu'ils aient habité les terres fertiles de Mésopotamie depuis toujours, certains archéologues prétendant même qu'ils sont arrivés des régions voisines. Jean Bottéro, un historien français du 20ième siècle, spécialiste du Moyen-Orient antique et grand spécialiste de la Mésopotamie a mentionné « nous ignorons leurs attaches et leur habitat antérieur, avec lequel du reste ils paraissaient avoir coupé tous les ponts puisque leur population n'a jamais été renforcée par de nouveaux arrivages de congénères » ...

Le soldat du temps

— La seconde raison, poursuivit-il, est que la langue sumérienne est un « isolat linguistique », c'est-à-dire une langue unique en son genre pour laquelle il a été, jusqu'à présent, impossible de trouver une parenté quelconque avec d'autres langues, en dépit de toutes les recherches ...

— Et la troisième raison, dit-il, est qu'on leur attribue l'invention de l'écriture cunéiforme qui est, avec les hiéroglyphes égyptiens, une forme d'écriture parmi les plus vieilles connues, découverte en Basse Mésopotamie environ 3.500 ans av. JC. Cette écriture se pratiquait par incision à l'aide d'un roseau taillé en pointe sur des tablettes d'argile et sur une grande variété d'autres supports. La graphie cunéiforme est une écriture qui n'a aucune ressemblance avec les autres écritures anciennes et a commencé à décliner à compter de la seconde moitié du 2ième millénaire av. JC pour finalement disparaître aux débuts de l'ère chrétienne ...

— On attribue également aux Sumériens le système sexagésimal apparu au 3ième millénaire av. JC, expliqua-t-il. On pense que c'est en comptant sur leurs doigts que les anciens sumériens ont découvert naturellement ce système. La durée du règne des souverains était mesurée en « ners », période de 600 ans et en « sars », périodes de 3.600 ans. C'est également le système sexagésimal qui permet de faire le décompte des minutes et secondes pour la mesure du temps et celui des degrés pour la mesure des angles, 90°, 180°, 360°, etc. ...

— Eh bien, mes chers collègues, dit-il solennellement, tout cela nous apparaît aujourd'hui comme les idées reçues d'une bien-pensance dépassée et qui n'est qu'une part infime de la réalité !

— Toutes ces « vérités », à propos des sumériens, remarqua-t-il, seraient acceptables, si un texte, gravé sur une tablette d'argile cunéiforme vieille de 4.000 ans av. JC et donnant une « liste royale sumérienne », n'était pas venu jeter le trouble dans les esprits. En effet, la « liste royale sumérienne » retrace l'histoire de la Mésopotamie depuis les origines et recense les différentes dynasties, allant de la période antédiluvienne au quatorzième dirigeant de la dynastie *Isin*, environ 1.750 av. JC …

— Ce qui est remarquable c'est que, d'après cette liste, dit-il, les neuf premiers rois légendaires de la période antédiluvienne des dynasties archaïques, ont régné pendant plusieurs millénaires. La liste royale sumérienne prétend en effet que l'origine de la royauté est une institution divine et le texte commence ainsi : « *Après que la royauté soit descendue des cieux, la royauté était à Eridu. A Eridu, Alulim devint roi ; il a régné pendant 28.000 ans. Alaljar a régné pendant 36.000 ans … »*.

— Ensuite, poursuivit-il, la tablette d'argile évoque les *premières dynasties de Kish et d'Uruk*, villes particulièrement importantes aux époques archaïques, et la durée des règnes de leurs souverains allaient de 300 à 1.500 ans "seulement" … jusqu'au roi *Gilgamesh*, seigneur de *Kulaba* qui, a gouverné 126 ans. Après *Gilgamesh*, les autres rois ont régné, toujours selon cette liste, pendant des périodes qui, alternativement, sont « à l'échelle humaine », et parfois sur une durée de l'ordre de 120 à 360 ans. Les derniers rois de la liste ont des durées de règne très courtes, quelques années seulement …

— Voilà, mes chers collègues, enchaîna-t-il, pourquoi cette liste royale sumérienne est un mystère qui nous laisse perplexe, vous comme moi ! on a pu penser que ces durées de règne n'avaient aucun fondement réel et qu'elles étaient le fruit de l'imagination des scribes royaux ! mais cette liste est troublante parce qu'elle mentionne des faits qui présentent de grandes similitudes avec d'autres textes sacrés anciens. C'est le cas notamment du « Déluge » évoqué dans cette liste mais aussi dans la Genèse, ainsi que la décroissance de longévité des hommes qu'on retrouve dans la Bible. Cette liste pose donc toute une série de questions restées sans réponse malgré de longues et nombreuses recherches …

— Mais aujourd'hui, conclut-il, nous sommes en mesure d'apporter certaines réponses aux questions posées par la liste royale …

Le soldat du temps

Le professeur Ruggieri laissa un moment de silence durant lequel il but une gorgée d'eau au verre placé devant lui, tout en observant l'effet de ses propos sur l'assemblée qui l'écoutait religieusement.

- — Quand je dis « nous », reprit-il, je devrais plutôt dire une personne en particulier, qui est en mesure d'apporter des réponses. Je veux parler de mademoiselle Anisha Pauwels, journaliste au "NEW YORK TIMES", que je vais laisser vous raconter son incroyable aventure …

- — … mademoiselle Anisha Pauwels ! lança-t-il à la manière des animateurs de show.

A cet instant, la journaliste apparut sur le devant de l'estrade, habillée d'un tailleur noir, très strict, les cheveux tirés en arrière, avec une queue de cheval, ce qui lui donnait un visage à la fois sérieux et serein.

- — Mesdames et messieurs bonsoir, dit-elle, je ne suis pas une scientifique comme la plupart d'entre vous et sachez que je suis très honorée de pouvoir vous parler. Vous vous demandez sans doute pourquoi une journaliste comme moi est face à vous, dans l'un des plus prestigieux congrès d'archéologie, eh bien, vous allez bientôt en comprendre la raison …

- — L'histoire qui m'amène ici, poursuivit-elle, et que j'ai vécue avec quelques autres personnes choisies pour leurs compétences, vous paraîtra surprenante à bien des égards, pour ne pas dire plus, mais sachez qu'elle est absolument véridique et qu'elle fait l'objet d'une publication dès demain matin dans le "NEW YORK TIMES", la totalité du numéro lui étant d'ailleurs consacrée, en même temps que toutes les chaînes du groupe qui seront en édition spéciale …

Elle prit le temps de vérifier que l'assemblée lui prêtait attention, et elle fut rassurée puisqu'un silence quasi-religieux régnait dans la salle.

- — En réalité, tout a commencé il y a cent cinquante ans environ, enchaîna-t-elle, lorsqu'un certain Tom Farrell a été le témoin proche d'un épisode tragique qui a frappé la Terre, à savoir une pluie incessante de météorites, qui a provoqué de tels dégâts

Le soldat du temps

que notre civilisation a failli revenir à une ère de barbarie. Je vous passe les détails de cette triste période qui sont donnés dans le numéro spécial du journal de demain, pour m'en tenir le plus possible aux faits qui sont en rapport direct avec le thème de votre congrès ... mais sachez que cette catastrophe a causé de nombreux morts, par centaines de milliers, et a défiguré le plus belles capitales ...

> — En ce qui me concerne, l'histoire a débuté voilà environ trois ans, expliqua-t-elle, lorsque j'ai pu obtenir par hasard, de la part d'un descendant de monsieur Farrell, le récit testamentaire de ses aventures. D'après lui, la pluie de cailloux qui avait frappé la Terre était l'œuvre d'Aliens qui, voyant qu'ils avaient échoué, auraient tenté de fuir par une « porte de l'espace » située sous la pyramide de Djoser, en Egypte ...

Elle s'arrêta car un énorme murmure parcourut la salle.

> — Oui, dit-elle, je vous avais prévenu. J'ai bien conscience que ce récit peut paraître incroyable, mais je vous demande de me laisser aller au bout, je vous prie ...

Progressivement, le calme revint dans l'hémicycle et la jeune femme put enfin reprendre son exposé :

> — N'en déplaise aux incrédules, reprit-elle, cette porte existait bien à l'endroit mentionné par monsieur Farrell ...

A nouveau, un tumulte indescriptible envahit la salle.

> — Mesdames et messieurs, je vous prie ! intervint le professeur Ruggieri. Veuillez laisser finir mademoiselle Pauwels.

> — Veuillez m'excuser, interrompit une jeune femme assise aux premiers rangs qui se leva.

> — Oui Oksana, qu'y a-t-il ? demanda le professeur Ruggieri.

> — Je suis Oksana Doubinski, dit-elle, archéologue à l'Université de Californie, Berkeley, et si je comprends bien, mademoiselle Pauwels prétend qu'une « porte de l'espace » serait située sur le

Le soldat du temps

site archéologique de Djoser, site que je connais très bien, et je n'en aurais jamais entendu parler ?

— Oui, soutint la journaliste, son existence a été gardée secrète. D'ailleurs, vous n'ignorez pas que le site de Djoser a été fermé au grand public depuis très précisément cent cinquante ans ! et savez-vous pourquoi ?

— C'est exact, reconnut Oksana Doubinski, le site est fermé au public, mais c'est pour des raisons de sécurité …

— Pas du tout ! interrompit miss Pauwels, ceci est la version officielle, mais en vérité, le site est fermé pour les raisons que je vous indiquais à l'instant, et je puis témoigner que cette porte existe puisque je l'ai empruntée !

La salle reprit peu à peu son calme et la journaliste put poursuivre son récit :

— Je suis ici, non pas pour vous donner des cours d'archéologie, dit-elle, j'en serais bien incapable, mais pour apporter le témoignage de ce que j'ai vécu, en espérant que cela puisse faire avancer nos connaissances sur le peuple sumérien …

— Une expédition a donc été organisée pour explorer ce qui se trouvait derrière cette porte, poursuivit-elle imperturbable, et j'en faisais partie. Une fois encore je vais droit aux faits en ignorant les détails que vous découvrirez demain, donc nous avons « atterri » sur une exoplanète, nommée *ManuzuKi* par ses habitants, peuplée d'hominidés nous ressemblant fortement et qui écrivaient et parlaient le Sumérien …

Un gigantesque brouhaha jaillit des travées de l'amphithéâtre de l'Université de Saint-Pétersbourg.

— Cette histoire n'est pas sérieuse ! s'exclama Oksana Doubinski furieuse en s'adressant au professeur Ruggieri. Natalio, quel est cette comédie ?

— Je suis désolé Oksana, répliqua Ruggieri, mais cela n'est pas une plaisanterie. Je connais très bien Anisha, car je suis un ami de sa

Le soldat du temps

famille Pauwels des longue date, c'est une femme qui a fait des études brillantes et qui a la tête sur les épaules. La meilleure preuve qu'il s'agit là d'une histoire sérieuse, c'est qu'un journal comme le "NEW YORK TIMES" ait décidé de consacrer toute son édition pour la publier, et c'est Anisha qui en est le chef de la rédaction. Elle nous a fait la primeur de cette extraordinaire aventure et je la remercie publiquement pour cela !

Ce fut le moment où la journaliste manipula une télécommande et la salle fut plongée dans une lumière tamisée, tandis que des Images holographiques 3D étaient projetées en hauteur, visibles dans toutes les directions.

Le spectacle qui s'offrit alors aux congressistes fut absolument fantastique … d'un côté, sur la gauche, on assistait à un coucher de soleil avec des couleurs irisées qui illuminaient le ciel d'un bleu azur foncé, zébré d'étoiles filantes. Sur la droite, de l'autre côté, on voyait un second astre solaire se lever, avec une lumière rasante qui donnait des ombres allongées. Dans le ciel, on pouvait contempler les trois satellites de la planète. L'un d'entre eux, très proche, laissait admirer à l'œil nu d'énormes cratères que l'on aurait cru à portée de la main.

Au centre et plus bas, on distinguait un fleuve très large, devenant presque un lac et coulant paisiblement dans une vaste plaine. A perte de vue, on apercevait des forêts à la fois verdoyantes et colorées de tous les tons de roux, du rouge à l'ocre, qui rappelaient « l'été indien » des forêts canadiennes. Le panorama, féérique et irréel, montrait à la fois un jour s'éteindre et un autre naître au même instant.

— Voici *ManuzuKi*, la « planète aux deux levers de soleil », pour ceux qui ont des notions de sumérien, commenta miss Pauwels.

Le plan suivant montrait l'entrée d'une ville, à l'orée d'une forêt, qui était matérialisée par une énorme statue de plusieurs mètres de hauteur, représentant un animal, moitié aigle et moitié lion, et plus loin, une rue animée où des passants déambulaient devant des maisons de pierre avec des toitures en ardoise.

Le soldat du temps

— Voici *Uruk*, et son griffon gardien de la cité, ajouta-t-elle, avec ses habitants qui font partie du peuple des *Mohites*. Nous avons partagé leur quotidien durant deux années et demie environ …

Le dernier plan montrait un vaisseau spatial d'une taille immense posé au sol. Puis, un zoom projeta le spectateur à l'intérieur du bâtiment dans une salle de pilotage, comportant une multitude d'instruments, et la caméra fit un gros plan sur un siège occupé par une vague forme noire.

— Et enfin, voici l'intérieur du vaisseau spatial que nos militaires ont pris d'assaut, conclut-elle, ainsi que le siège où est assis Akkar-Dar-Arka, l'extraterrestre qui a été capturé vivant. Il appartient à la civilisation des *Jins*, habitants de la planète *Nogor'h*, dans la constellation des gémeaux à 857 années-lumière de la Terre ! mais vous ne pouvez pas le voir car son apparence physique absorbe la totalité des rayons lumineux … et chacun d'entre nous voyait une image de lui différente, en fait, c'était l'image telle que notre cerveau l'imaginait …

— Pour ma part, enchaîna-t-elle, il m'est apparu comme une créature étrange, ressemblant à un Gibbon avec des bras immenses. Sa peau était, de couleur brune, hormis le visage qui était de couleur claire, avec de grands yeux exorbités et de petites oreilles. Il portait une combinaison protectrice aux reflets argentés …

Les participants étaient entièrement captivés par la projection, et lorsque la lumière revint doucement, il fallut un long moment pour que les spectateurs retrouvent leurs esprits. Ce fut finalement le professeur Ruggieri qui prit la parole :

— Mes chers amis, dit-il, le témoignage d'Anisha est précieux à bien des égards, et si, sans nul doute, l'intérêt pour l'archéologie est immense, celui pour d'autres secteurs, comme l'économie ou la recherche spatiale, est bien évidemment stratégique. Cependant, nous n'avons pas compétence pour en tirer des conclusions à propos d'autre chose que l'histoire de l'humanité. J'ai bien conscience que ces images posent une multitude de

Le soldat du temps

questions, à commencer par leur véracité, mais je vous l'ai dit, j'ai une confiance absolue dans Anisha Pauwels et dans les patrons du "NEW YORK TIMES" qui ont pris la responsabilité de diffuser ces informations et toute cette histoire.

Des mains se levaient pour poser des questions et le professeur Ruggieri donna la parole à un homme du premier rang :

— Bradley O'Mahony, dit-il, je suis archéologue à l'Université d'Oxford. Mademoiselle Pauwels, insinuez-vous que l'humanité a pour origine les habitants de cette exoplanète que vous appelez *ManuzuKi* ?

— Certainement pas monsieur O'Mahony ! répondit miss Pauwels, je suis seulement journaliste et je mets un point d'honneur à rester dans mes compétences professionnelles. Comme vous l'avez sans doute remarqué, je me suis bornée à rapporter des faits, des faits les plus objectifs possibles, en particulier les images que vous venez de voir, mais en aucun cas je ne me suis risquée à les interpréter. Je pense plutôt que c'est à vous, scientifiques de cette fabuleuse matière qu'est l'archéologie, qu'il appartient d'apporter un éclairage sur l'histoire de notre civilisation et cette période en particulier ...

— Lorsque j'ai su que j'étais chargée par mon journal de rédiger la trame du numéro spécial qui va sortir demain, poursuivit-elle, j'ai immédiatement appelé mon ami le professeur Ruggieri pour qu'il m'aide, précisément, à rester dans mon rôle d'observateur neutre, ce qui est l'essence même du journalisme !

Assis discrètement dans un coin de la salle, le chef de la rédaction, Samuel Salinger, eut un petit sourire complice en entendant ces propos.

— Anisha a raison, enchaîna aussitôt Ruggieri, c'est à nous qu'il appartient à présent d'exploiter ce témoignage et d'en tirer les conséquences au niveau de nos connaissances sur cette période énigmatique qu'est l'histoire de la civilisation sumérienne ...

Le soldat du temps

— Personne ici n'ignore que, dans la mythologie mésopotamienne, poursuivit-il, la société divine était composée des dieux nobles, les *Annunaki*, qui avaient le véritable pouvoir, et les *Igigi* qui effectuaient les travaux domestiques les plus pénibles. Les tablettes d'argile racontent que, épuisés par le travail, les *Igigi* se révoltèrent contre les *Anunnaki*. *Enlil*, le roi des dieux, voulait les exterminer, et c'est alors que *Enki*, le dieu sage, pensant que cela réglerait la question, proposa la création d'un nouvel être qui travaillerait à la place des *Igigi* : « l'homme » ...

— Mais comme les hommes ne pouvaient pas mourir de façon naturelle, expliqua-t-il, ils proliférèrent tant que cela déplut aux yeux d'*Enlil*. Après avoir tenté vainement et à plusieurs reprises de réduire leur nombre, en propageant épidémies, sécheresses, famines, etc., il imagina une solution radicale : le déluge. La catastrophe qu'est le « déluge » occupe une place à part dans la mythologie mésopotamienne en raison de sa résonance dans la tradition occidentale, puisqu'il renvoie à la Bible. Toujours selon la mythologie sumérienne, la quasi-totalité des humains périt noyée, et les survivants allaient désormais être confrontés à la mort, à l'infertilité, et aux diverses maladies inconnues jusqu'alors, de façon à éviter toute surpopulation ...

— Selon Sîl-Gezen, le scribe royal de la cité d'*Uruk*, dit-il, son peuple est originaire de la Terre. Il y a tout lieu de le croire car, non seulement la mythologie des *Mohites* rejoint exactement celle de Sumer avec leurs dieux qu'ils nomment de la même façon, les *Anunnaki*, mais ils nomment également de la même manière leurs villes *Uruk*, *Eridu*, *Lagash*, *Kish* ou *Nippur*, et comble de la ressemblance, ils écrivent et parlent le sumérien ! Anisha ne l'a pas dit, vous le découvrirez demain en prenant connaissance de son histoire complète, mais les habitants de *ManuzuKi* peuvent vivre 1.000 années terrestres et plus, alors que Akkar-Dar-Arka, l'extraterrestre, prétend qu'il peut vivre jusqu'à un équivalent de 50.000 années terrestres ! aussi invraisemblable que cela puisse paraître à nos yeux de terriens, nous disposons là d'un éclairage totalement nouveau et intéressant sur une période clé de l'histoire de l'humanité ...

Le soldat du temps

— Bien entendu, enchaîna-t-il, la vérité historique ne recouvre que très partiellement les faits rapportés par la mythologie, il en est ainsi depuis toujours, et, en général, elle est bien moins poétique que le récit des héros de légende relaté dans les épopées mystiques par les différents narrateurs, auteurs de la Bible et autres ouvrages sacrés. Et celle-ci n'échappe pas à la règle …

— Si l'on procède par recoupement, exposa-t-il, entre, d'une part, les découvertes archéologiques récentes sur la mythologie sumérienne, et d'autre part, les révélations ramenées de la planète *ManuzuKi*, on est en mesure d'élaborer une hypothèse cohérente sur le déroulement des faits durant une période restée jusqu'ici obscure …

— En effet, ajouta-t-il, il ne fait aucun doute qu'une expédition d'extraterrestres, venus de la planète *Nogor'h*, est arrivée sur notre planète, la Terre, probablement avec leurs vaisseaux intergalactiques, et qu'ils ont établi leur première colonie à *Eridu*, la ville antique de Basse-Mésopotamie. Cela est attesté par la liste royale sumérienne et cela concorde avec les confidences de l'extraterrestre fait prisonnier sur *ManuzuKi*. Il s'agissait sans aucun doute des *Jins* ou bien des *Annunaki*, tel que la mythologie mésopotamienne les désigne …

— Si les *Jins* ont été les premiers rois de la liste royale, déclara-t-il, il est alors logique que la longueur de leurs règnes se compte en dizaines de milliers d'années, étant donné leur espérance de vie. Le but qu'ils poursuivaient est à présent clairement établi, puisqu'il y a tout lieu de penser que, non seulement, ils ont profité des ressources naturelles terrestres, mais qu'ils nous considéraient comme du vulgaire bétail propre à leur consommation ! Cela est attesté par la découverte dans les soutes du vaisseau spatial alien d'un grand nombre d'humains conservés dans un vaste réfrigérateur …

— Pour de sombres raisons pragmatiques que l'on peut aisément deviner, dit-il, ils ont eu l'idée de peupler l'exoplanète *ManuzuKi*, qui était libre, avec des humains qu'ils ont expédiés

Le soldat du temps

là-bas, tout comme au temps de l'esclavage, cette triste période de notre histoire durant laquelle les blancs ont déplacé des populations entières de noirs depuis l'Afrique vers l'Amérique ou les Antilles dans le seul but de satisfaire leurs intérêts économiques. Nous ne savons pas à quelle période cet exode a eu lieu précisément, mais, toujours selon cet extraterrestre, c'était il y a vraisemblablement plusieurs milliers d'années av. JC, et il a été organisé pour disposer, sans doute, d'un bétail humain plus proche d'eux …

— Ensuite, pour des raisons qui leur échappent, poursuivit-il, après qu'un événement grave soit survenu sur leur planète d'origine, les *Annunaki* décidèrent de quitter la Terre et abandonnèrent la destinée de leurs colonies à une nouvelle lignée de souverains fondant la "première dynastie de *Kish*", comme précisé dans la liste royale sumérienne : « après le Déluge, la royauté passa à Kish » …

— Peut-être est-ce la tragédie du déluge, enchaîna-t-il, qui a provoqué l'arrivée des Sumériens, car, manquant de main d'œuvre, le repeuplement du bassin mésopotamien avec des *manuzuKiens* réimportés a donné lieu à la fondation d'une nouvelle civilisation environ 4 à 5.000 ans av. JC. Ceci pourrait expliquer pourquoi, après le Déluge, la durée des règnes des souverains décroît et devient de l'ordre de quelques centaines d'années, cohérent avec la durée de vie de nos frères exilés …

— On comprend alors pourquoi soudainement cette culture nous apparait semblant sortir de nulle part, expliqua-t-il, avec tous ses mystères, et notamment celui qui est relatif à son écriture cunéiforme, unique en son genre. Ensuite, le croisement avec les terriens a fait décroître progressivement l'espérance de vie des *manuzuKiens* établis sur Terre, ce qui explique que la durée des règnes des monarques de la fin de la liste royale diminue. Et voilà comment, selon moi, le mystère de la « liste royale sumérienne » peut trouver une explication logique à la lumière des faits rapportés par cette expédition dont Anisha a fait partie.

Le soldat du temps

Les conférenciers étaient tous captivés et fascinés par les révélations du professeur Ruggieri qui venait de se livrer, devant eux, à un exercice périlleux : expliquer l'inexplicable, raconter l'invraisemblable et cautionner l'hypothèse la plus irrationnelle que l'archéologie ait eu à connaître dans son histoire.

Et pourtant, malgré l'énorme quantité de questions en suspens, personne n'osait prendre la parole et troubler ce lourd silence de cathédrale. Enfin, le professeur O'Mahony, de l'Université d'Oxford leva la main pour demander à s'exprimer :

> — Une chose me paraît étrange, dit-il, si ces habitants de *ManuzuKi* sont des terriens exportés depuis la Terre, pourquoi ont-ils une espérance de vie aussi longue, 1.000 ans ou plus avez-vous dit ?

Le professeur Ruggieri se tourna vers miss Pauwels pour l'inviter à répondre :

> — D'après ce que nous a expliqué Akkar-Dar-Arka, l'extraterrestre, répondit-elle, les *Jins* sont des experts généticiens, et ils ont artificiellement rallongé l'espérance de vie des *manuzuKiens* afin de bénéficier d'une race d'esclaves plus résistants. Leur taille a également fait l'objet d'un tripatouillage génétique, puisque la moyenne générale culmine à environ deux mètres cinquante.

Puis ce fut au tour d'Oksana Doubinski, de l'Université de Californie, Berkeley, de demander la parole :

> — Natalio, questionna-t-elle, tu as évoqué le Déluge dans tes explications, connait-on l'origine exacte de ce drame ?

> — Les scientifiques sont encore partagés, répondit Ruggieri, mais au milieu du 20ième siècle, les chercheurs ont découvert que la mer Noire avait été 8.000 ans plus tôt un lac d'eau douce se trouvant 150 mètres au-dessous du niveau de la mer. A cette époque, le Bosphore séparait la mer de Marmara de la mer Égée par l'isthme des Dardanelles. Les géologues ont établi que le niveau de la mer Méditerranée s'était brusquement élevé, sous l'effet des mouvements des plaques tectoniques, entraînant le

déversement d'eaux salées en mer de Marmara puis dans la mer Noire ...

— Certains historiens, poursuivit-il, ont rapproché ces faits du mythe de l'arche de Noé et celui de l'Atlantide dans la Grèce antique, ainsi que de la légende de *Gilgamesh* dans le royaume de Sumer. Selon eux, le remplissage de la mer Noire aurait été rapide, à un point tel que son niveau aurait monté de 180 mètres en très peu de temps, et donc catastrophique. Ces terres étaient peuplées d'agriculteurs qui pour la plupart auraient été noyés et les survivants se seraient dispersés en véhiculant le mythe du Déluge.

— Mademoiselle Pauwels, questionna le professeur O'Mahony, vous avez montré l'attaque d'un vaisseau spatial alien, ne doit-on pas craindre que ces derniers ne reviennent sur Terre pour nous détruire ?

— Monsieur le professeur, expliqua la journaliste, vous me posez une question à laquelle je ne suis pas en mesure de répondre. La planète de ces Aliens est devenue quasiment inhabitable car elle se transforme progressivement en un immense volcan et la civilisation des *Jins* est évidemment en déclin. Mais leur technologie leur permet sans doute de s'installer ailleurs, alors comment prévoir quelle va être la suite des événements ?

— Nous allons en rester là, interrompit aussitôt Ruggieri, il s'agit là de questions qui ne sont pas en rapport avec le thème de notre congrès !

Ces mots conclurent la séance officielle du congrès, mais durant les deux heures qui suivirent, les conférenciers assaillirent de questions le professeur Ruggieri et miss Pauwels sur leurs étonnantes révélations qui apparaissaient, à l'évidence, comme le plus grand bouleversement de l'histoire de l'archéologie.

— Mademoiselle Pauwels, vous avez vu un Alien de près, pouvez-vous nous dire comment était-il ?

Le soldat du temps

— Professeur Ruggieri, vous prétendez que les Aliens ont amené des terriens sur cette exoplanète pour devenir des *manuzuKiens*, selon vous, la civilisation sumérienne et ses développements est donc d'origine extraterrestre ?

— Mademoiselle Pauwels, vous dites avoir vécu avec les *manuzuKiens* suffisamment longtemps pour apprendre à parler le sumérien, est-ce une langue difficile ?

— Professeur Ruggieri, vous avancez que le fameux Déluge de la Bible serait expliqué par la rapide montée des eaux de la mer Méditerranée provoquant des inondations catastrophiques et serait à l'origine du repeuplement par les Aliens de la Basse Mésopotamie avec des *manuzuKiens*, pensez-vous que, sans cette tragédie, la civilisation sumérienne n'aurait jamais vu le jour sur Terre ?

Le soldat du temps

XVI - L'EXTRATEMPOREL

Après une « traversée » assez perturbée par de violentes secousses, le navire sortit de la « porte de l'espace » et, aussitôt, sa vitesse fut considérablement ralentie, le temps que les moteurs à fusion nucléaire prennent le relais. Sans tarder, Ferreola entreprit de vérifier qu'ils avaient bien « atterri » dans le système solaire. Mais, il fut rapidement rassuré, car l'appareil montrait la configuration des astres sur les écrans de contrôle et il paraissait bien que leur destination était bien celle espérée.

L'étoile qui se profilait à l'horizon grossissait à vue d'œil, et la première planète à peine visible qui apparut bientôt sur une console était très éloignée du soleil. Le lieutenant reconnut la planète Saturne et ses anneaux qui brillaient dans un halo de lumière en provenance du soleil. Puis, Jupiter, plus sombre fut visible dans la pénombre galactique et enfin, il put apercevoir la petite planète bleue, fragile et minuscule, la Terre !

> — Kir-akam, on a réussi ! s'écria le lieutenant avec un grand sourire, on a réussi à ramener ce foutu vaisseau sur Terre !

Le *manuzuKien* ne paraissait pas être particulièrement excité par cette idée. Il gardait son attitude calme et paisible comme à l'accoutumée.

> — Tu avais raison, poursuivit le lieutenant, sans toi je n'aurai jamais réussi à piloter cet engin !

Le pilote automatique de l'appareil avait placé celui-ci sur une orbite géostationnaire à distance respectable de la Terre et Ferreola tournait en rond dans la salle des commandes :

> — Je me demande où est-ce que l'on va poser cette grande carcasse sans attirer l'attention d'une multitude de curieux ? se disait-il.

Le soldat du temps

Sur l'une des consoles devant lui il découvrit une image de la Terre, où défilaient les divers continents en fonction de la position de l'astronef sur son orbite et cela lui donna une idée.

> — Kir-akam, je sais l'on va se poser ! dit le lieutenant en montrant un point sur l'écran. Mais, par contre, je ne sais pas comment on donne cet ordre …

> — Moi je crois que je sais, répondit simplement le *manuzuKien*, j'ai vu comment Akkar-Dar-Arka a procédé pour poser l'engin sur *Nogor'h*. Prépare-toi Démétrius, lorsque je te ferais signe tu appuieras avec le doigt sur l'endroit que tu as choisi …

Alors, à nouveau, Kir-akam prit le temps de se concentrer et d'émettre une commande au système de pilotage du vaisseau, puis, il fit un signe de la tête pour indiquer à Ferreola qu'il pouvait désigner la position où atterrir. Le lieutenant toucha l'écran sur une destination qui était proche du pôle Nord et, aussitôt, le navire réagit en actionnant les moteurs pour amorcer sa descente.

> — Mais c'est une approximation ! comment allons-nous faire pour désigner plus précisément le point d'atterrissage ? demanda le lieutenant Ferreola, visiblement anxieux.

Le *manuzuKien* lui montra la console sur laquelle le point prévu pour l'atterrissage était marqué, tandis que la région concernée apparaissait grossie au fur et à mesure que l'astronef approchait de la Terre.

> — Lorsque tu voudras préciser la destination, conseilla Kir-akam, appuie à nouveau sur l'écran pour changer les coordonnées du point d'atterrissage …

> — Ok, répliqua Ferreola rassuré, c'est sacrément bien conçu et donc facile !

Quelques minutes plus tard, le navire se posait en douceur sur un immense manteau blanc.

Le soldat du temps

Le lieutenant Démétrius Ferreola, de la Royal Air Force, et le géant *manuzuKien* Kir-akam, accompagnés de deux GI's de la garde personnelle de la Présidente, pénétrèrent dans le bureau ovale de la Maison Blanche. Ferreola, élégant dans sa tenue blanche rutilante, restait imperturbable, le regard froid et la tête haute. Mais le *manuzuKien* paraissait impressionné par la solennité des lieux et par le nombre de personnes présentes dans la pièce parmi lesquelles il reconnaissait certaines et certains.

En effet, outre Anna-Magdalena Ruiz, la Présidente des Etats-Unis d'Amérique, assise derrière son grand bureau, se trouvaient, à sa gauche, Cylinia Brissac, son attachée de presse et Santiago Garcia, responsable de la sécurité de la Maison Blanche.

Un peu plus loin, il y avait le capitaine des Marines Andréas Becker, ainsi que le professeur Gaisma Al Jazari, l'archéologue égyptien de l'université du Caire et Anisha Pauwels, du journal "NEW YORK TIMES". Sur la droite de la présidente, on reconnaissait Tamara Benitez, l'astronome de l'observatoire du mont Wilson, Californie, et Ottavio Antonelli, le biologiste et pharmacologue de l'université de Rome.

Olaf Davidoff, le chef du protocole de la Maison Blanche, s'avança vers les nouveaux arrivants pour les inviter à entrer plus avant.

— Veuillez prendre place, messieurs, dit-il, en montrant deux sièges libres.

Les deux hommes regagnèrent les sièges attribués par Davidoff qui fit les présentations en précisant que le *manuzuKien* Kir-akam ne parlait pas leur langue et qu'il serait opportun qu'on lui traduise les débats à venir. Miss Pauwels proposa ses services et prit place à ses côtés.

— Soyez les bienvenus, déclara la présidente Ruiz, j'ai pensé que cela vous ferait plaisir de revoir les membres de la mission « Djoser-one ». Hélas, Madame le docteur Myriam Tripopoulos et le sergent Sergei Kuznetsov des forces spéciales des Marines n'ont pas pu se libérer de leurs obligations ...

Le soldat du temps

— Mais avant de vous accueillir comme il se doit, enchaîna-t-elle, je voudrais que nous ayons une pensée pour le sergent Colby De Cruz, mort en héros pour sauver les civils dont il avait la charge.

Tout le monde observa un instant de silence et de recueillement en hommage au premier soldat tombé en terre étrangère au système solaire. Puis, la présidente Ruiz reprit la parole en se tournant vers les nouveaux venus :

— Messieurs, dit-elle, vous êtes les auteurs d'un véritable exploit ! ramener sur Terre un vaisseau spatial ennemi va, sans aucun doute, nous permettre de faire un bond gigantesque dans nos connaissances sur la navigation interstellaire, encore une fois bravo !

— Je vous remercie madame la Présidente, répondit le lieutenant Ferreola, mais je n'ai fait que mon devoir. En revanche, notre ami Kir-akam, ici présent, mérite bien plus que moi les honneurs, car il n'avait pas les mêmes obligations et, sans son aide, cet exploit n'aurait jamais été possible.

Anisha Pauwels assurait la traduction pour le *manuzuKien* qui se leva et, la main sur le cœur, inclina le torse respectueusement en direction de la Présidente.

— Monsieur Davidoff, ordonna-t-elle, veuillez prendre toutes les dispositions pour que monsieur Kir-akam soit décoré de la médaille de la « Reconnaissance Nationale », il le mérite bien, puisqu'il s'est battu à nos côtés.

— Bien entendu, madame la Présidente, ce sera fait ! assura le chef du protocole.

— Je ne voudrais pas gâcher la fête, déclara soudain la Présidente Ruiz sur un ton grave, mais si l'on en croit le rapport du capitaine Andréas Becker, il semblerait, lieutenant Ferreola, que votre comportement n'ait pas toujours été irréprochable en regard des règlements militaires, n'est-ce pas capitaine ?

— Oui, madame la Présidente, confirma l'interpellé, c'est le moins que l'on puisse dire. D'ailleurs, tous les membres de la mission

Le soldat du temps

sont là pour en témoigner et peuvent l'attester, le lieutenant Ferreola a, tout au long de cette épopée, pris des initiatives personnelles dans un intérêt peu favorable à celui du groupe et parfois en totale contradiction avec mes ordres …

— Que reprochez-vous précisément au lieutenant ? demanda la Présidente Ruiz.

— Eh bien, madame la Présidente, reprit le capitaine Becker, après notre arrivée sur l'exoplanète *ManuzuKi*, alors que je souhaitais interrompre la mission et rentrer sur Terre parce que l'objectif ne me semblait pas pouvoir être atteint, le lieutenant a prétendu que le retour sur Terre par la porte de Djoser était impossible. Il a affirmé avoir testé cette porte et avoir constaté qu'elle n'était pas symétrique, ce qui nous condamnait à rester sur cette planète. Or, si l'on en croit l'extraterrestre prisonnier, cette porte nous aurait permis de revenir sur Terre, et donc, le lieutenant Ferreola a menti !

Le lieutenant ne semblait nullement affecté par cette attaque et il regardait négligemment le bout de ses chaussures sans rien dire.

— Autre chose capitaine ? insista la Présidente Ruiz.

— Oui, madame la Présidente, affirma Becker. Alors que le vaisseau spatial venait de se poser sur l'exoplanète *ManuzuKi* et que l'Assemblée des Sages était en séance plénière, le lieutenant a pris l'initiative de projeter devant la salle toute entière la vidéo que nous avions convenu de passer sous silence. Il a ainsi pris le risque de mettre en danger toute la mission, et cela sans en référer au préalable à sa hiérarchie !

Le lieutenant Ferreola restait toujours sans réaction et gardait le silence. Cette fois, un simple regard de la Présidente en direction du capitaine provoqua sa prise de parole :

— Et le plus grave, madame la Présidente, poursuivit Becker, c'est le moment où le lieutenant Ferreola nous a tous menacé de son arme lorsque nous étions sur *Nogor'h*, pour nous ordonner de sortir de l'appareil. Il a osé tenir en joue tous les membres de la mission présents ici, pour désobéir à mes ordres et ne pas nous suivre ! et cela pour son propre intérêt en dépit de celui de la mission et en mettant en danger sa vie et celle du *manuzuKien* Kir-akam. J'ai même soupçonné le lieutenant d'être un complice des Aliens, car il a agi à l'encontre des objectifs de la mission !

Il y eut quelques secondes d'un silence épais observé par le lieutenant, sous le regard attentif des autres personnes présentes, avant que la Présidente Ruiz ne se décide à le solliciter :

— Alors, lieutenant Ferreola, questionna-t-elle, qu'avez-vous à répondre aux accusations du capitaine Becker ?

— Eh bien, madame la Présidente, commença le lieutenant en fixant Anna-Magdalena Ruiz droit dans les yeux, si je reprends les griefs du capitaine les uns après les autres, dans l'ordre inverse de leur chronologie, et ce pour une meilleure compréhension des choses, je peux observer ceci : primo, s'il est vrai que j'ai menacé le groupe avec une arme, au moment de tenter la capture de l'astronef, c'est bien entendu parce que je voulais prendre ces risques tout seul, avec Kir-akam, et que je souhaitais éviter aux autres membres de la mission « Djoser-one » de risquer leur vie … et non pas, comme le prétend le capitaine pour les mettre en danger … et ce pour réaliser un exploit, c'est vous qui venez de le dire n'est-ce pas ? On peut regretter ce geste, mais au final, n'était-ce pas la meilleure solution ?

— Secundo, enchaîna-t-il d'une voix assurée, le capitaine me reproche d'avoir présenté un argumentaire devant l'Assemblée des Sages sans en avoir référé au préalable à ma hiérarchie, soit ! mais pourquoi n'est-il pas venu à l'esprit de monsieur Becker que j'ai improvisé cet argumentaire un court instant avant de le développer devant les *manuzuKiens* et qu'en conséquence, il m'était tout simplement impossible de lui en parler auparavant ? peut-être était-ce parce que l'esprit du capitaine Becker était davantage préoccupé par l'ombre que je lui faisais plutôt que d'applaudir à mon initiative … initiative, soit dit en passant, qui a permis de retourner les *manuzuKiens* en notre faveur et de prendre d'assaut le vaisseau alien, chose qui, sans cette aide, aurait été beaucoup plus compliquée, voire vouée à l'échec !

— Tertio, poursuivit le lieutenant avec une jubilation intérieure perceptible dans sa voix, oui, c'est vrai, j'ai menti au moment où le capitaine a manifesté son intention de rentrer sur Terre, sans que nous n'ayons eu la moindre opportunité de rencontrer les Aliens que nous étions venus chercher. Nous ne nous attendions pas à découvrir ce peuple frère, qui nous a magnifiquement accueillis, et rentrer à ce moment-là était, à l'évidence, signer l'échec de la mission. Bien sûr que j'étais comme tous les autres après avoir franchi la porte, totalement incapable de tester la « porte de l'espace » dans l'autre sens, alors, j'ai menti ! j'ai menti pour éviter de revenir bredouilles ! et sans ce mensonge, que ferions-nous aujourd'hui ? nous serions peut-être réunis pour fêter ensemble le verre de l'amitié des anciens de la mission « Djoser-one », mais nous n'aurions jamais rencontré les Aliens, nous n'aurions jamais réussi à capturer leur astronef et le résultat de la mission serait maigre à côté de ce que nous avons réalisé …

— Alors, madame la Présidente, conclut-il, oui, je plaide coupable ! coupable d'avoir pris des initiatives qui se sont toutes avérées payantes, coupable d'avoir fait de l'ombre à la triste gestion des événements de la part du capitaine Becker, et coupable d'avoir largement contribué, sans forfanterie, au succès de la mission « Djoser-one » !

Après ce long exposé, l'ensemble des personnes présentes semblèrent se décontracter en sentant l'atmosphère de la pièce redescendre d'un cran. Dans les yeux de miss Pauwels, on pouvait lire de l'admiration pour le lieutenant et du dépit dans ceux du capitaine. La Présidente Ruiz, que tout le monde regardait, prit le temps de boire le fond de sa tasse de thé avant de reprendre la parole :

— Voilà un excellent plaidoyer, lieutenant Ferreola, qui justifie après-coup un comportement, sans doute condamnable au regard de l'ordre militaire, mais la conclusion de la mission

Le soldat du temps

permet cependant de relativiser les griefs avancés par le capitaine, n'est-ce pas monsieur Becker ?

L'interpellé n'avait visiblement plus aucun argument à faire valoir et se réfugiait dans un mutisme bougon. Le lieutenant Ferreola, avait, au contraire, une mine réjouie qu'il ne cachait plus. Tous les participants attendaient désormais le mot de conclusion de la part de la Présidente qui allait sans aucun doute lever la séance.

Mais, celle-ci prit le temps de se resservir une tasse de thé et de boire lentement une gorgée du liquide encore tiède avant de reprendre la parole :

— On se doit de reconnaître, lieutenant Ferreola, dit-elle, que votre raisonnement est d'une logique implacable si l'on considère en effet le résultat concret des initiatives que vous avez prises durant le déroulement de la mission …

— Je vous remercie, madame la Présidente, mais je n'ai fait que mon devoir, murmura Ferreola sur un ton faussement modeste.

— Lieutenant Ferreola, continua la Présidente Ruiz d'une voix froide sans prêter attention aux flatteries du lieutenant, peut-être allez-vous alors nous expliquer avec autant de brio pourquoi, lorsqu'on interroge le Ministère de la Défense britannique, le lieutenant Démétrius Ferreola de la Royal Air Force, dont les états de service étaient excellents, est porté disparu depuis cinq ans dans un terrible accident de drone au large de Sumatra ?

La salle se figea soudain et les regards abasourdis se tournaient en direction du lieutenant. Celui-ci avait perdu sa superbe et son sourire, et ses lèvres se fermaient en un rictus traduisant sa gêne. Il resta ainsi à ne rien dire durant un moment qui parut interminable, jusqu'à ce que la Présidente Ruiz fasse ce commentaire :

— Je vois, monsieur « je ne sais qui », dit-elle, que les arguments vous manquent cette fois !

Le soldat du temps

— Madame la Présidente, je dois vous confier quelque chose, finit par articuler le dénommé Ferreola, mais pas en présence de vos invités, seul en tête-à-tête avec vous …

— Certainement pas ! s'écria aussitôt le capitaine Becker en sortant son arme, je reste avec vous madame !

— Hors de question ! assura Santiago Garcia le responsable de la sécurité, en se levant de sa chaise, vous ne pouvez pas rester seul avec madame la Présidente.

— Monsieur Davidoff, trancha la Présidente Ruiz, veuillez faire évacuer la salle, à l'exception de monsieur Becker.

Le chef du protocole de la Maison Blanche s'exécuta et fit sortir tous les invités très intrigués, puis referma la porte du bureau ovale derrière lui.

— Je vous écoute, insista la Présidente Ruiz montrant son impatience.

— Le capitaine Becker n'était pas censé connaître ce que j'ai à vous dire, déclara le supposé lieutenant Ferreola d'une voix hésitante.

— Le capitaine Becker est un homme en qui j'ai toute confiance, répliqua-t-elle sèchement, il fera exactement ce que je lui ordonnerai, n'est-ce pas capitaine ?

— Absolument, madame la Présidente, y compris si vous me demandez de tirer sur ce monsieur dont nous ignorons l'identité, confirma l'intéressé en montrant son arme sortie de son étui.

— Et puis, d'une certaine manière, ajouta la Présidente Ruiz, vous aussi êtes un imposteur qui ne devrait pas être là. Alors, allez-y ! je vous écoute …

— Eh bien, madame la Présidente, commença l'ex « lieutenant Ferreola », j'espère que vous êtes suffisamment aguerrie pour entendre ce que j'ai à vous dire … après la « porte de l'espace », puis, l'exoplanète *Manuzuki* et enfin les extraterrestres, vous

Le soldat du temps

allez devoir, une nouvelle fois, faire un effort d'ouverture d'esprit …

— Que voulez-vous dire, interrompit la Présidente d'un air excédé, allez-vous nous dire qui vous êtes à la fin ?

— Je suis un extratemporel, un "soldat du temps" du commando "Voltaire", dont le nom importe peu, et je viens du futur, asséna-t-il sans ménagement. Je suis un terrien, tout comme vous, mais je viens d'une époque où nous avons trouvé les « portes du temps » et nous voyageons dans la quatrième dimension.

Becker et la Présidente Ruiz se regardaient, dubitatifs, sans vraiment comprendre la portée des propos de l'individu en face d'eux.

— Attendez ! vous voulez dire que vous êtes un représentant de la race future des terriens ? demanda la Présidente.

— Oui madame, confirma l'homme avec l'espoir d'être compris. Vous pouvez m'appeler Samuel, c'est mon surnom …

— Avez-vous une preuve de ce que vous avancez ? s'enquit-elle. Qu'est-ce qui nous dit que vous n'êtes pas un émissaire d'une civilisation d'extraterrestres malfaisants déguisé en terrien ? au point où en sommes on peut tout imaginer, n'est-ce pas capitaine ?

— Bien sûr, madame la Présidente, approuva Becker, nous avons le devoir de rester prudents.

— Je n'ai aucune preuve matérielle de ma vérité, dit l'homme, et je sais que ma bonne foi n'a plus beaucoup de crédit auprès de vous, mais vous devez me croire. D'ailleurs sinon, pourquoi aurais-je conduit le vaisseau jusqu'ici ?

— Il est vrai que cet acte plaide en votre faveur, reconnut la Présidente, mais racontez-nous tout depuis le début, peut-être cela sera-t-il plus facile pour nous de vous faire confiance.

Le "soldat du temps" eut alors une courte hésitation en regardant le capitaine Becker, puis se lança :

Le soldat du temps

— Il faut que vous sachiez que notre affrontement avec les *Jins* ne date pas d'hier, commença Samuel. Nous connaissions la « porte de Djoser » depuis la période de l'ancienne Egypte correspondant à la 3ième dynastie de l'Ancien Empire. Nous soupçonnons même, mais nous n'avons aucune preuve de cela, que le roi Djoser lui-même était l'un des leurs et qu'il avait été mis sur le trône pour mieux contrôler les populations ...

— L'épisode le plus aigu de cette guerre entre eux et nous, a eu lieu il y a cent cinquante années environ, poursuivit-il, lorsque l'un de leur vaisseau spatial a tenté de détruire notre civilisation en provoquant une pluie de météorites sur Terre. La Cellule d'Exploration du Temps, qui est notre gouvernement, a donc décidé d'envoyer des renforts pour éviter une catastrophe terrible qui aurait renvoyé l'humanité aux âges les plus reculés de la barbarie. Le commandeur Ely Fox, avec la complicité du Premier ministre britannique d'alors, Vince Taylor, a réussi à stopper l'agression des Aliens et à capturer, déjà, leur astronef. Mais, celui-ci, incontrôlable, est allé s'écraser sur le soleil ...

— C'est à cette époque, enchaîna-t-il, que la fameuse vidéo montrant les cadavres humains a été prise, ainsi que l'objet étrange, une horloge astronomique je crois, que détenait monsieur Brett Wilson, l'homme que miss Pauwels a rencontré à Londres, et qui vous a convaincu d'organiser la mission « Djoser-one ». En réalité, lorsque nous avons appris que mademoiselle Pauwels s'intéressait à ces événements, nous avons demandé à monsieur Wilson, qui est l'un des nôtres, de la contacter et de lui raconter l'aventure de Tom Farrell, lequel n'a jamais laissé aucun écrit sur son rôle lors de cette période ...

— Vous avez donc abusé de la crédibilité de mademoiselle Pauwels et de la nôtre par la même occasion ? demanda la Présidente.

— Nous avons simplement fait en sorte que l'histoire de Tom Farrell puisse être crédible, répliqua l'ex-lieutenant d'un ton neutre, et que cela déclenche les investigations qui vous ont conduit jusqu'à la pyramide de Djoser et sa « porte de l'espace ». Mais nous avons été pris de court, car, aussi bien

Le soldat du temps

miss Pauwels que vous-même, avez rapidement progressé et vous avez pris la décision d'organiser la mission « Djoser-one ». Alors, nous avons dû improviser au dernier moment pour que je puisse intégrer la mission, ce qui a causé l'erreur que vous avez décelée, à savoir que j'ai pris, dans la précipitation, l'identité d'un soldat disparu ...

— Et quel était votre rôle dans la mission ? questionna la Présidente.

— Exactement celui que j'ai tenu ! répondit Samuel, ramener un astronef sur Terre ! j'ai subi un entraînement intensif à propos du pilotage de leurs astronefs à partir des manuels de navigation saisis il y a cent cinquante ans, dans ce but précisément ...

— Comment ça ? interrogea la capitaine Becker, comment pouviez-vous savoir que vous alliez avoir cette opportunité ?

— N'oubliez pas une chose capitaine, observa le "soldat du temps", je viens du futur, et donc, les événements qui sont pour vous ceux du présent, sont, en fait, pour nous ceux du passé et nous sommes censés les connaître. Je dis, nous sommes censés les connaître, car, en réalité, les choses sont bien plus complexes qu'elles n'en ont l'air. On ne peut jamais être certain de prédire l'avenir parce que, tout simplement, le futur est fait d'une infinité d'univers parallèles ... seul le présent fait partie d'un univers bien précis ...

— Je ne suis pas sûre de tout comprendre, s'exclama la Présidente.

— Ce que j'essaye de vous expliquer, dit Samuel, c'est que nous ne pouvons jamais être certain du futur, parce qu'un événement, qui peut paraître parfois anodin, peut faire basculer le présent vers une destinée toute autre de celle qui aurait été si cet imprévu n'avait pas eu lieu. C'est ce que nous appelons "un point de singularité", qui transforme totalement l'avenir en le faisant glisser dans un autre univers, parallèle au précédent mais qui peut avoir des conséquences dramatiques. C'est pourquoi, lorsque le capitaine a exprimé le désir de rentrer sur Terre, alors que dans mon passé la mission « Djoser-one » était censée se

Le soldat du temps

dérouler autrement, j'ai jugé utile de mentir, en prétendant avoir tenté de revenir sur Terre et constaté que la porte n'était pas symétrique, par peur de laisser le capitaine provoquer un « point de singularité » ...

— Oui, mais en faisant cela, interrompit brusquement la Présidente Ruiz, vous avez mis en péril tous vos compagnons, et là aussi, les conséquences auraient pu être dramatiques !

— Certes, madame la Présidente, reconnut le "soldat du temps", mais les conséquences ne se situent pas au même niveau, si je puis me permettre ... celles dont je parle concernent la survie de la race humaine ...

— Je crois que je commence à comprendre, dit la Présidente après une courte réflexion. Vous avez menti pour forcer le capitaine à poursuivre la mission car sinon, les choses auraient pu tourner autrement que ne le prédisait votre passé concernant l'issue de cette aventure, avec des incertitudes sur le devenir du genre humain, c'est cela ? ai-je bien saisi ?

— Tout à fait ! madame la Présidente, confirma l'ex-lieutenant. Selon mon passé, les membres de la mission « Djoser-one » avaient pleinement réussi et avaient capturé un vaisseau alien qu'ils avaient ramené sur Terre ! ce qui ne se serait jamais produit si nous étions rentrés lorsque le capitaine en a exprimé le souhait, avec des conséquences totalement imprévisibles et des risques de glisser dans un univers complètement différent. Dans cette hypothèse, la pire des choses est que notre civilisation ne disparaisse tout simplement. C'est la raison pour laquelle nous tentons de déceler toutes les situations où ce risque existe et c'est alors que nous décidons d'intervenir ...

— Ensuite, continua Samuel, pour le reste j'ai dit la vérité. Ça n'est pas pour contrarier le capitaine Becker que je suis intervenu devant l'Assemblée des Sages sans lui en parler auparavant, mais c'est bien parce que l'idée m'en est venue à cet instant. Et, c'est vrai que j'ai menacé mes compagnons avec mon arme pour être le seul avec Kir-akam à prendre le risque de ramener

Le soldat du temps

l'astronef. Lorsque j'ai réalisé que le *Jin* avait décidé de ne pas obéir à nos ordres et de nous poser sur *Kur*, j'ai cru que ma mission était définitivement compromise. Alors, j'ai un peu perdu les pédales, ce qui explique ma précipitation pour prendre le contrôle de l'appareil. Tous ces événements ont été, bien entendu, les péripéties qui ont suivi le fait de ne pas rentrer plus tôt sur Terre.

— Puisque vous êtes le « monsieur qui sait tout », railla le capitaine Becker en tenant toujours l'ex-lieutenant en joue, qu'est-il donc advenu ensuite dans « votre passé », après que vous ayez accompli votre « exploit » ?

— Capitaine Becker, répliqua Samuel d'une voix calme, la destinée du genre humain est depuis toujours inscrite dans ses gênes, explorer et coloniser la galaxie est ce qui, en principe, attend l'homme, mais la route est encore longue ! peut-être la capture du vaisseau Alien permettra-t-elle de percer quelques secrets de la navigation interstellaire et d'avancer ainsi un tout petit peu l'échéance de cette prédestination, mais si rien de grave ne survient, l'humanité prendra tôt ou tard le chemin des étoiles, chose que vous pouvez aisément prévoir tout aussi bien que moi ...

— Mais je le répète, ajouta-t-il, « si rien de grave ne survient », et, comme je l'ai expliqué tout à l'heure, les occasions de dévier de cette voie seront sans doute nombreuses. Notre organisation sera toujours aux côtés du genre humain s'il court un danger, pour autant que nous puissions l'anticiper, ce qui n'est en rien une certitude !

— Soldat Samuel, intervint la Présidente Ruiz, vous avez réussi à me convaincre de votre bonne foi. Je considère fondés les griefs qui vous ont été adressés par le capitaine Becker, mais je reconnais que vous aviez une mission d'un intérêt supérieur et que vous avez pleinement satisfait aux objectifs qui étaient les vôtres.

— Je vous remercie madame, murmura Samuel.

Le soldat du temps

— Sans rancune capitaine ? enchaîna-t-il aussitôt en tendant la main en direction de Becker.

— Sans rancune, déclara celui-ci en serrant la main tendue.

— Pouvez-vous nous en dire un peu plus sur vous et les "soldats du temps", demanda la Présidente Ruiz, comme vous prenez plaisir à vous nommer vous-même ?

— Vous comprendrez, madame, déclara Samuel, que je suis tenu au devoir de réserve. Mais, je peux vous dire qu'il y a deux sortes de soldats, les "implantés" qui sont sédentaires, pour une longue durée, qui sont là pour veiller aux situations à risque que j'évoquais tout à l'heure, et les "missionnés", comme moi, qui ont des objectifs précis et ponctuels ...

— Ces sédentaires, sont-ils nombreux ? questionna la Présidente Ruiz.

— Assez nombreux oui et dans toutes les couches de la population, répondit Samuel, suffisamment nombreux en tout cas pour opérer une veille efficace. Mais je crois qu'il est temps de nous séparer, à présent ...

Il y eut un court silence durant lequel Samuel se leva et prit la direction de la sortie, puis il s'arrêta net et se retourna vers la Présidente Ruiz :

— Madame la Présidente, dit-il l'air triste, j'ai une requête à vous soumettre ...

— Je vous écoute, répondit-elle.

— Je ne sais pas si cela vous est possible, continua-t-il, mais laisser croire que la porte de Djoser ne fonctionne que dans un seul sens serait une bonne chose pour le peuple de *ManuzuKi* qui vit heureux dans la quiétude et qui ne demande rien d'autre. Mais si les terriens envahissent cette planète, très vite, les choses vont se gâter et ce sera fini de leur tranquillité. Il n'est pas exclu même que leur civilisation disparaisse, cela ne serait pas la première fois que les humains soient le pire mal pour d'autres humains, n'est-ce pas ?

Le soldat du temps

Lorsque l'extratemporel franchit enfin la porte du bureau ovale, la Présidente Ruiz était restée songeuse et n'avait toujours pas répondu. Elle se tourna enfin vers le capitaine Becker :

— Avez-vous eu une réponse satisfaisante à votre question ? demanda-t-elle.

— Oui, madame la Présidente, répondit Becker après un temps d'hésitation, enfin … je crois que oui …

— D'après ce que j'ai compris, poursuivit-il, ce « soldat du temps » est persuadé que les humains exploreront un jour la galaxie, même si son « exploit » ne fait pas avancer sensiblement l'échéance, car, a-t-il dit, « c'est inscrit dans leurs gènes » et, en conséquence, aussi bien moi que lui pouvons prévoir son avenir. Mais, en revanche, il n'a aucune certitude quant à la pérennité de son passé et donc de son propre destin d'humain du futur, puisqu'apparemment, j'aurais pu, avec une décision aussi bénigne que celle d'interrompre la mission « Djoser-one », bouleverser le devenir de l'humanité toute entière !

— Ce Samuel avait tout de même raison, remarqua la Présidente Ruiz, nous avons eu à traverser bien des épreuves ! tout d'abord, il a fallu admettre l'existence d'extraterrestres avec qui nous sommes en conflit depuis des millénaires, mais peu de gens sont au courant ! ensuite, il a fallu digérer l'existence des « portes de l'espace » qui conduisent directement dans divers endroits de la galaxie, à des milliers d'années-lumière ! puis, l'existence d'un peuple frère sur une exoplanète hors du système solaire ! et enfin, l'existence d'extratemporels qui nous espionnent et qui sont prêts à venir nous aider lorsque le sort de notre civilisation est en jeu ! cela fait un peu beaucoup pour une simple présidente de l'un des plus grands pays du monde, certes, mais je commence à saturer et aspire à une retraite bien méritée …

— Fort heureusement, madame la Présidente, assura le capitaine Becker, il y a des personnages comme vous et le Premier Ministre, Vince Taylor, et sans doute bien d'autres encore, dont l'Histoire ne retient le nom que pour une toute petite partie de leur action, la partie émergée de l'iceberg, mais sans des gens comme vous, il y a longtemps que l'humanité aurait dévié de sa trajectoire …

— Sa trajectoire ? quelle trajectoire, Andréas ? interrompit la Présidente, y a-t-il au moins une logique dans les décisions que nous prenons, nous, les chefs d'Etats, et vers quelle destination tout cela nous emmène ?

La Présidente Ruiz avait appelé le capitaine par son prénom pour la première fois, signe sans doute qu'elle voulait l'assurer de sa confiance, pensa-t-il.

— La destination, madame la Présidente ? répliqua-t-il d'une voix ferme et tendre, mais c'est celle inscrite depuis toujours dans nos gènes, c'est à l'évidence la direction des étoiles, comme l'a fort bien dit le "soldat du temps" ! souvenez-vous, c'est vous-même qui avez décidé d'envoyer la mission « Djoser-one » derrière la « porte de l'espace », à la conquête de la galaxie, et pourquoi avoir fait cela, si ce n'est par réflexe atavique ?

La Présidente écoutait ces paroles expliquant ses propres décisions mieux que ce qu'elle n'aurait su le faire :

— Y a-t-il un Dieu pour régenter l'ambition de l'Homme et de ses protagonistes dans l'univers ? se demanda-t-elle avant de se lever pour reconduire le capitaine Becker.

Le soldat du temps

OUVRAGES DU MÊME AUTEUR

L'UNIVERS DES ROBOTS - 2017 (publication chez Amazon)

LE PAPYRUS DE DJOSER - 2017 (publication chez Amazon)

L'ANDROÏDE AMOUREUX - 2018 (publication chez Amazon)